La Tour de Malvent

Gilbert Bordes

La Tour de Malvent

ÉDITIONS
FRANCE
LOISIRS

Édition du Club France Loisirs,
avec l'autorisation des Éditions Belfond.

Éditions France Loisirs,
123, boulevard de Grenelle, Paris
www.franceloisirs.com

ISBN : 978-2-298-03934-4

Martin Brodet passa derrière le comptoir du bistrot, déboucha sa bouteille de gnôle, avala une rasade qui lui brûla la gorge, puis se dirigea vers le couloir. Il se débrouillait assez bien avec sa chaise roulante : il servait les clients, lavait la vaisselle, et sortait même se promener sur la place du village. Mais il n'en restait pas moins un handicapé, un être inférieur dont l'avis ne comptait plus.

C'était la fin du mois de mars 1919. Quelle heure pouvait-il être ? Dix, onze heures du soir ? Martin s'en moquait. Pour lui, le temps ne passait plus depuis qu'il était revenu de l'enfer ; il se sentait inutile. Non seulement on l'avait sacrifié, mais on avait fait de lui un moins que rien, et on lui reprochait sans cesse de se trouver dans les jambes des uns et des autres. Les éclopés de la guerre, plus encore que les morts, étaient les grands perdants : le sacrifice de leur personne se retournait contre eux. Sans l'amour qu'il portait à sa femme, Martin se serait jeté dans la Dordogne. Pourtant, Marie le dédaignait autant que les autres. S'il ne protestait pas lorsqu'elle le poussait un peu trop énergiquement dans son fauteuil, il percevait dans son regard, tout comme dans l'attitude d'Albin et de Louise, son beau-père et sa belle-mère, le reproche d'être là, d'occuper une place qui n'était plus la sienne.

— Qu'est-ce que tu fais, ce soir, tu ne vas pas te coucher ? lui demanda son épouse en posant sur le comptoir un plateau de verres propres.

— Ton père n'est pas rentré.

— Depuis quand tu te fais du souci pour lui ? Il a dû passer chez un client.

Martin regarda longuement sa femme ranger les verres sur l'étagère près des paquets de tabac. C'était une superbe brune aux yeux bleus, trop belle pour lui. Ce soir, les boucles de sa lourde chevelure s'étaient libérées des peignes et roulaient sur ses épaules. Il observait ce visage à la peau très blanche, les cernes sous les yeux, les gestes, les mains allant et venant du plateau à la tablette.

Tout à coup Marie cessa de bouger et redressa la tête pour considérer la large porte vitrée.

— Tu entends ?

Il y eut d'abord comme l'un de ces coups de vent rageurs qui raclent les collines quand l'hiver fige la campagne. Puis une sorte de feulement descendu du ciel emplit la pièce éclairée par la lampe à pétrole, un son puissant et léger à la fois, aérien, différent des bruits ordinaires du petit village de Xaintrie.

— On dirait le clairon qui nous appelait à quitter les tranchées pour aller nous faire éclater la gueule, grogna Martin.

— Voilà que tu parles encore de la guerre ! C'est pourtant fini depuis des mois.

C'était peut-être fini pour elle, mais pas pour lui. Lui, il y retournait chaque nuit, en d'incessants cauchemars où il pataugeait dans le sang et la boue mêlée de chair écrasée... Parfois, ses cris réveillaient Albin, qui le lui reprochait le lendemain.

« Quand on n'a rien à faire, on n'empêche pas les autres de dormir ! » rouspétait le beau-père, pour qui seul le travail comptait.

Marie ouvrit la porte et vit dans la nuit plusieurs silhouettes se rassembler sur la place. Martin fit tourner les roues de sa chaise, traversa le bistrot et sortit. Le feulement lointain s'était transformé en un hurlement désespéré, tel l'appel au secours de prisonniers que l'on torture. La lune éclairait de sa vive lueur les contours de nuages pressés.

— Qu'est-ce que c'est ? demanda le vieux Mialet en levant vers le nord son menton disproportionné avant de se tourner vers sa fille, la grosse Gisèle.

— On dirait que ça vient de la tour, dit Albert Graulhet, l'épicier, en tendant le seul bras qui lui restait vers une masse sombre au-dessus des arbres.

Situé à l'extérieur du village sur un éperon rocheux à l'aplomb de la Dordogne, le donjon de Malvent avait résisté à l'épreuve des siècles. On savait peu de chose de son origine, si ce n'est qu'il était la relique d'un château fort rasé pendant la guerre de Cent Ans.

— Qu'est-ce qui peut faire ce bruit dans la tour? s'inquiéta Joseph Lemerre, le facteur, qui cachait son visage en ruine sous un large chapeau. Elle est peut-être en train de s'effondrer!

D'une certaine manière, Lemerre avait eu de la chance: la guerre avait laissé intacts ses bras et ses jambes. Mais une balle l'avait frappé en pleine figure, lui arrachant une partie de la mâchoire, le menton et l'oreille gauche. Laissé pour mort sur un charnier, il s'était réveillé après plusieurs jours de coma. Depuis qu'elle l'avait retrouvé, sa femme, la blonde Agnès qui tenait le bureau de poste et le télégraphe, demandait chaque dimanche pardon à Dieu de ne pas avoir la force de regarder son époux, et même d'avoir des frissons de dégoût chaque fois qu'il l'approchait.

Les freins usés d'une bicyclette sans falot se firent entendre, et les curieux restés sur la place se tournèrent comme un seul homme. Revenu de chez un client de Pleaux, Albin, le père de Marie, descendit de vélo et s'étonna:

— Le bruit, c'est curieux!

— Ça vient de la tour, affirma Léonard Béroudeau, qui arrivait de sa petite maison près du presbytère en frappant le sol de ses béquilles.

Une rafale de mitrailleuse lui avait arraché les pieds, et cet ancien scieur de long devait désormais nourrir sa famille avec sa seule pension et les légumes que sa femme cultivait dans un champ rocailleux orienté plein nord. Un médecin militaire avait réussi à lui adapter des prothèses en bois qui lui permettaient de se déplacer debout, comme un homme. Mais, dans son champ ou chez lui, pour désherber ses légumes ou couper son bois, il marchait à quatre pattes, à l'égal de son chien. « On fait une belle paire, tous les deux, disait-il, il ne me reste plus qu'à aboyer ! »

Louise, la mère de Marie, était elle aussi sortie du bistrot pour écouter le grondement singulier qui pleuvait sur le village et l'enveloppait comme pour mieux l'enserrer. Elle ressemblait à sa fille : la même silhouette droite et fière, le même regard, avec en plus l'austérité des rides qui prenaient leur source au coin de ses paupières. Elle s'approcha de son mari, toujours muni de sa bicyclette.

— Ah, tu es là, dit-elle. Je commençais à me demander où tu étais passé !

— J'étais à Pleaux, chez un client. Il m'a commandé six mètres cubes de moellons. Je ne sais pas comment je vais faire…

La moustache grise d'Albin accrochait une poussière de lumière. Il avait échappé à la guerre parce qu'il avait passé soixante-dix ans. Pourtant, tout au long de sa carrière, il en avait remontré à plus d'un jeune pour fendre les blocs de granit. Sa réputation d'homme inflexible mais droit et de grand travailleur lui valait le respect de tous. Et on le consultait souvent pour régler les différends entre voisins.

— Eh bien, admit-il, on dirait que la tour se fâche !

Tous observaient l'édifice monumental qui se découpait sur le ciel clair. Cette construction était démesurée par rapport à Malvent. Pourquoi les hommes l'avaient-ils plantée là, à cet endroit sans histoire et d'accès si difficile ? Qu'est-ce qui leur avait donné la force de porter les pierres, pour faire des murs de trois mètres d'épaisseur au-dessus de la Dordogne ?

D'autres personnes arrivaient sur la place : Jules Guérin, le boucher, quittait sa boutique une lanterne à la main. Cet homme fier avait acquis une certaine aisance dans le commerce de la viande en fournissant des boucheries de Pleaux et de Mauriac. Chaque dimanche, à l'heure de la grand-messe, il aimait se montrer dans son costume de velours noir, dont le veston était orné de la chaîne en or de sa montre à gousset comme de la meilleure des décorations. Il avait perdu deux fils ; le troisième, Jocelyn, était revenu totalement fou. La seule vue du sang le terrorisait, et il passait ses journées à marcher dans les chemins, ne reconnaissant personne et terrifiant les enfants. ne cessait de répéter : « Je suis dans la merde, et j'y resterai ! »

— On dirait qu'elle nous engueule ! fit Béroudeau en prenant appui sur ses béquilles, car ses pieds en bois lui entamaient les moignons des chevilles.

— Qu'est-ce que tu vas t'imaginer ? se moqua le boucher en passant sa main sur ses cheveux soigneusement lissés.

Tous avaient pourtant l'impression de se trouver face à un maître absolu qui les pointait du doigt. Mais que pouvait-il leur reprocher ? Ils avaient fait leur devoir envers la nation, les femmes avaient réussi à garder les terres en culture pendant quatre longues années, et à présent elles s'occupaient des survivants qu'il fallait habiller et parfois torcher comme des nourrissons poilus et malodorants. Les vieillards poussaient la charrue, les enfants portaient les sacs de grain et accomplissaient des tâches qui tordaient leurs jeunes corps, les tassaient, imprimaient sur leurs épaules et leur visage les marques indélébiles de la pauvreté.

La lune disparut derrière un nuage très sombre, épais comme la toison d'un énorme animal ; le bruit prit de l'intensité, devint une sorte de cri aigu qui vrillait les oreilles. Des femmes se signèrent et invoquèrent la Sainte Vierge. Les hommes serraient les poings. Si Dieu ou le diable leur en voulaient, qu'ils se montrent, et les gens de Malvent sauraient faire face. Ils avaient tous encore en tête les lettres bleues qu'apportaient chaque jour ou presque les gendarmes de Mauriac, avec ces quelques mots : MORT AU CHAMP D'HONNEUR. La gourmande avait dévoré toutes les forces vives de cette campagne austère. Que pouvait-elle exiger de plus ?

Malgré tout, ils restaient là. Dans la nuit froide et le vent du nord, ils claquaient des dents, prisonniers de ce bruit infernal tombant des nuées. La lune était ressortie ; sa lumière donnait du relief à la tour, ce monstre voisin depuis des siècles qui gardait jalousement la mémoire de leurs vies. Ne disait-on pas que les sorciers s'y rassemblaient à la pleine lune pour invoquer le diable et jeter des sorts à leurs ennemis ?

L'édifice menaçait de s'écrouler. De temps en temps, des coulées de pierres se détachaient des murs et ricochaient jusqu'au sol. En 1913, le préfet avait écrit au maire de Malvent que la tour devait être conservée et qu'il envisageait de la consolider. Pour éviter les accidents, des hommes d'Aurillac étaient venus poser du grillage autour du monument. Puis la guerre avait éclaté, et plus personne n'avait parlé de restaurer ce vestige d'un temps qu'on ne pouvait pas imaginer. Il ne restait de la clôture que du fil de fer rouillé et des piquets renversés par le lierre et les aubépines.

Le facteur se mit à genoux et murmura une prière. Le vin qu'il ingurgitait la journée lui donnait chaque soir des élans mystiques.

— Faut avertir le curé ! dit-il en joignant les mains.

— Oui, sourd comme il est, il n'a sûrement rien entendu, répliqua le boucher, qui en voulait à Dieu. À cette heure, il a bu son litre de vin et il dort sur son assiette...

Gisèle et Léon Mialet s'éloignèrent de l'attroupement. Le vieil homme maigre, un peu bossu et totalement édenté avait été épargné par la guerre. Veuf, il n'avait eu qu'une fille, aussi forte qu'un homme. Elle travaillait avec lui à la petite ferme et allait vendre son beurre et ses œufs au marché de Mauriac. Gisèle approchait des trente ans. Sa laideur repoussante, ses allures hommasses l'avaient empêchée de se marier. On disait que le manque de galants lui était monté à la tête et qu'elle débitait à son troupeau de moutons les pires obscénités. Elle ne se lavait pas et sentait affreusement mauvais.

Le presbytère se trouvait à côté de l'église, en bordure du village. Le curé Bonnière était un paisible vieillard qui n'aimait pas les ennuis mais ne transigeait pas sur ses idées. Il vivait avec sa sœur, surnommée la Curette, une affreuse sorcière maigre et dure comme un bâton d'aubépine. Médisante à souhait, elle n'hésitait pas à frapper les enfants au catéchisme. Toute de noir vêtue, elle surveillait la messe, et gare au bambin qui avait le malheur de rire ou de bavarder avec son voisin ! Lorsqu'elle vint ouvrir la porte, Gisèle lui dit de sa voix mâle :

— Mademoiselle, faut avertir monsieur le curé. Vous entendez le bruit ?

La vieille femme tendit l'oreille et distingua en effet le roulement qui s'abattait du ciel. Incrédule, elle s'avança sur le pas de la porte. Elle était un peu sourde elle aussi, excepté pour ce qui la concernait, mais elle percevait nettement le grondement tranchant comme une voix qui se fâche et appelle au secours. Superstitieuse et poltronne, elle demanda :

— Tu es sûre que ça vient de la tour ?

— Certain, répliqua le père Mialet qui s'était approché, noueux et sec à côté de son opulente progéniture.

La Curette ne se posait jamais de questions : tout venait toujours de Dieu, le bon comme le mauvais, et il n'y avait rien à faire que pénitence.

— Si on vous voyait plus souvent à la messe, cela n'arriverait pas, bougonna-t-elle.

— Mais il faut réagir !

— Qu'est-ce que vous voulez qu'on fasse ? Monsieur le curé dort ! Si vous vous souvenez de vos prières, c'est le moment de les réciter et de penser à Dieu !

Elle claqua la porte.

Mialet et Gisèle retournèrent sur la place devant le bistrot, là où le point de vue sur la tour était le meilleur, dans la lumière jaune et bleu de la lune. Le bruit enveloppait chaque chose, pleuvait sur les maisons. L'air en était alourdi, les gens n'osaient plus bouger, l'esprit empli de ce cri sans fin comme la note fêlée d'un violon. Ils ne sentaient plus le froid. Lorsque Albin s'éloigna sans un mot pour aller ranger son vélo, les autres l'observèrent avec curiosité. Le cri lugubre avait gommé jusqu'à leur bon sens ordinaire. Les femmes à genoux sur les pavés froids murmuraient des prières qui ajoutaient à l'étrangeté de la nuit.

Tous décidèrent cependant de rentrer chez eux, pressés de s'endormir afin de ne plus entendre ce grondement infernal qui leur remettait en mémoire un passé dont ils n'étaient pas fiers.

— On se demande si le printemps reviendra un jour, se plaignit Béroudeau. On sera bientôt en avril, la terre est toujours gelée et la neige couvre encore les rives de la Dordogne. Franchement, on ne méritait pas ça!

Un grand éclat de rire les surprit soudain, démesuré, qui secoua la nuit comme un défi. Un jeune homme gesticulant quittait la boucherie pour traverser la place en hurlant des menaces. Guérin rattrapa le dément et le força à le suivre.

— Jocelyn, tu es chez nous, à Malvent. Rentre à la maison, ta mère t'attend!

Il le raccompagna jusqu'à la boutique. Son fils ne mesurant plus la portée de ses gestes, le boucher était obligé de cacher ses couteaux. Et, lorsque la folie meurtrière s'emparait du jeune homme, il fallait alors l'attacher et l'enfermer. Comme tant d'autres, Jocelyn avait laissé son âme dans les tranchées. Sa blessure était invisible mais bien réelle, et Guérin considérait qu'il n'avait plus d'héritier.

Les gens de Malvent n'avaient pas fermé l'œil de la nuit. Au petit matin, en route pour son atelier et flanqué d'un Léon Mialet taiseux, le menuisier Marcel Manoche, près de soixante-dix ans, écoutait la plainte venue de nulle part et de partout à la fois. Elle le rongeait comme une douleur dont on ne parvient pas à préciser l'origine. Un peu plus grand que la moyenne, il était très maigre, pourvu d'un visage plat couvert d'une barbe blanche peu épaisse et d'un regard triste. Sa réputation de bon ouvrier lui valait une ample clientèle, mais il n'avait plus le cœur à l'ouvrage. Depuis que ses deux fils étaient morts au champ d'honneur, il ne s'attardait plus pour terminer son travail. Ayant appris à lire à vingt ans, il était considéré comme un artisan réfléchi et de bon conseil. Devenu expert en bois, on venait le chercher depuis les hameaux voisins pour mesurer une coupe ou estimer la valeur d'un arbre.

Le bruit l'inquiétait, même si l'origine en était sans doute le vent. Le bruit le harcelait, le dépossédait de lui-même. À cette heure, dans un froid anormal pour la saison, ce gémissement parlait à l'âme tel un avertissement. Marcel connaissait le remède depuis longtemps : remplir de poudre à canon un tonneau et faire sauter cette maudite tour qui restait plantée dans le paysage comme le mauvais souvenir d'un passé sans nom. Les spécialistes disaient qu'elle tenait debout par miracle, par un cheveu, et qu'un choc infime suffirait pour qu'elle tombe en morceaux, alors pourquoi ne pas en profiter ? Beaucoup de Malventois étaient de son avis, mais ils opposaient toujours l'interdit préfectoral. Malgré eux, ils semblaient redouter une malédiction : sans la menace de la tour, la vie du village serait différente, et l'on s'habitue si bien à ses maladies qu'on finit par en avoir besoin.

En chemin, Marcel répondait aux saluts des gens qui écoutaient le prodige en frissonnant. Pour l'heure, ils mesuraient l'étendue de leur malheur et cédaient au désespoir de se savoir sans avenir. Malvent avait été touché plus durement que les autres villages, et ils doutaient que ce soit par malchance. Certes, le bruit de la tour n'avait rien de diabolique, mais il indiquait que le temps du pardon n'était pas encore venu.

Le menuisier stoppa devant la porte de son atelier situé près du foirail et en retrait de grumes qui attendaient d'être débitées en planches. Léon Mialet se tourna vers lui. Ils étaient un peu cousins, et le menuisier achetait ses œufs et ses poulets à la grosse Gisèle.

— Dis, Marcel...

Le grand maigre leva la main pour faire taire l'autre et tendit l'oreille. À travers la rumeur de la tour résonnaient des bribes de chanson.

Quand nous chanterons le temps des cerises,
Gais rossignols et merles moqueurs
Seront en fête...

— Ça, c'est pas banal ! fit Marcel, interloqué.

Mialet, lui, resta médusé un bon moment, puis murmura :

— Gustave avait donc raison ! Angelo Barconi est revenu. Il n'y a que lui pour chanter comme ça.

— Qu'est-ce que tu racontes ? Il a été enterré par une bombe !

— Je sais qu'on a dit qu'il était mort. Mais ce n'est pas vrai, puisqu'il est revenu.

— Après tout c'est son droit, conclut le menuisier en ouvrant la porte de son atelier. La forge au pied de la tour lui appartient, et aussi la maison, la prairie qui se trouve à côté, et les châtaigniers sur les pentes de la Dordogne.

— Peut-être, mais quand même...

Mialet retourna sur la place, où d'autres personnes s'étaient attroupées malgré l'heure matinale et avaient entendu les paroles apportées par le vent. Béroudeau frappait de ses béquilles les cailloux quand Gustave Milenas, dont la petite propriété se trouvait à la sortie du village, arriva essoufflé et s'écria :

— Vous avez entendu?

— Eh bien oui, Angelo est revenu! répondit le facteur, qui allait commencer sa tournée après avoir bu trois verres de vin blanc chez Louise. On croyait en être débarrassés, et il est là, bien vivant, fringant comme un conscrit... et en plus voilà qu'il chante.

Le Temps des cerises leur rappelait un passé vieux de onze ans, qu'ils croyaient oublié et qui pourtant s'imposait, oppressant, jusque dans les moindres détails.

— De toute façon qu'est-ce que ça peut nous faire? intervint Béroudeau, agacé.

— C'est pas possible qu'il ait passé à travers les balles, tu entends, pas possible! s'emporta le facteur Lemerre. Alors, s'il est revenu, c'est que le malheur est sur nous plus que jamais.

Le facteur enfonça davantage son large chapeau sur sa tête hideuse. Pour lui, Angelo Barconi était forcément allé au front, sous une pluie de balles, là où personne n'échappait au déferlement de la mort, à moins d'être protégé par une force supérieure qui ne pouvait pas être divine... Les choses étaient donc simples.

— Toi, tu sais ce que c'était, dit-il à Martin Brodet, qui sortait du bistrot sur sa chaise roulante.

— Si quelqu'un peut le savoir, c'est bien moi ! grogna-t-il.

Lui aussi avait entendu la chanson, et le retour d'Angelo Barconi le concernait plus que les autres encore. Quelques vieux s'étaient rassemblés autour des deux éclopés. Malgré leur courage et la souffrance que ces derniers avaient endurée, la vie les avait exclus ; elle ne leur conférait plus que le crédit de prévoir les catastrophes.

— On disait que son père était un peu sorcier, reprit Joseph, et qu'avec le feu de sa forge il pouvait attirer le malheur sur les gens.

— Ne raconte donc pas de conneries ! s'emporta Béroudeau. Le vieux Barconi était le meilleur forgeron du pays. Mais comme il n'allait pas à la messe le curé le détestait. Peut-être bien que le fils vient régler ses comptes, insinua malicieusement Béroudeau en se tournant vers le bistrot de Louise.

Un silence plein de sous-entendus suivit cette affirmation. Ils n'avaient pas oublié les propos haineux du curé à l'encontre du vieux Francesco trouvé mort près de sa forge éteinte. Personne n'avait fait le moindre geste, et les gens gardaient le souvenir de cet épisode comme le poids d'une grosse faute, même s'ils avaient écouté leur prêtre.

— On savait tous qu'il crachait devant la porte de l'église. Qu'est-ce que tu voulais qu'on fasse ?

— Vous m'emmerdez ! s'écria tout à coup Martin en faisant demi-tour dans sa chaise et en roulant vers le bistrot.

Tous regardèrent le grand invalide s'éloigner « à la vitesse de sa charrette », comme on disait, et tous comprirent sa réaction : onze ans plus tôt, quand Albin Marlhac avait surpris Marie avec Angelo Barconi dans la grange de Marcilloux, il s'était emparé d'un fléau qui se trouvait à proximité et avait frappé le jeune homme dans l'intention de le tuer. Le soir même, Angelo s'était disputé avec son père et avait quitté le pays. À cette époque, Martin Brodet était un fier jeune homme au teint rouge et aux cheveux épais. Il vivait dans le plus grand dénuement avec son père, sa mère et ses trois sœurs, métayers dans une petite ferme sur les pentes de la Dordogne. Lorsque le propriétaire s'était payé, il ne restait plus grand-chose des récoltes pour cette famille qui comptait parmi les plus misérables de la commune. À l'automne de 1908, après le départ d'Angelo et contre toute attente, Martin épousa Marie Marlhac, dont le ventre prenait des rondeurs infamantes. Albin avait dû remiser ses rêves de gendre de bonne famille et faire avec ce moins que rien, car le jeune homme acceptait de sauver l'honneur de sa fille et de donner un nom à la petite Jeanne qui naîtrait peu de temps après. Depuis, le vieux Marlhac ne voulait plus faire partie du conseil municipal, et vivait à l'écart. Il passait ses journées dans sa carrière et rentrait chez lui le plus tard possible. Et, quand il tournait vers eux son visage sombre et son regard déterminé, les clients du bistrot ne s'attardaient pas à bavarder.

— On ne peut pas l'empêcher de revenir chez lui, expliqua Béroudeau, qui s'était assis sur le rebord de la fontaine pour soulager ses chevilles. Son père et sa mère sont enterrés dans notre cimetière, avec les nôtres.

Le curé Bonnière avait d'abord refusé d'enterrer Francesco Barconi dans la terre bénite du cimetière. Il avait fallu l'intervention du maire et des gros bonnets d'Aurillac pour que l'homme d'Église finisse par accepter. Il avait alors interdit qu'on fasse passer le cercueil par le portail, et les porteurs avaient dû le hisser par-dessus le mur.

Le jour se levait. Martin entra dans la grande salle commune du bistrot, passa derrière le comptoir et se versa un verre de gnôle. Sa place était là, à servir les clients pressés de boire un verre sans s'attarder et à vendre les paquets de tabac disposés à sa hauteur.

Albin quitta la cuisine, son sac sur l'épaule. Depuis la fin de la guerre, la demande de belles pierres avait considérablement augmenté, et il parlait de prendre quelqu'un pour l'aider mais ne trouvait personne. Il passa devant son gendre sans un mot, marque d'un mépris que le grand blessé ne supportait plus. Ce matin, peut-être à cause du bruit, Martin ressentait le besoin de parler, mais il ne pouvait pas formuler la véritable raison de son tracas.

— Je ne sais pas ce que ça veut dire, ce bruit, mais ça m'a empêché de dormir de toute la nuit !

— C'est que tu n'étais pas bien fatigué. Moi, je ne l'ai pas entendu, répondit Albin sur un ton cinglant.

Le vieil homme en voulait toujours à Martin d'occuper la place qu'il avait réservée à un autre. La terrible blessure du soldat Brodet et la pension qu'il percevait n'avaient rien changé à l'attitude de son beau-père. L'arrivée de ce misérable dans la maison Marlhac avait ruiné les ambitions d'Albin qui, avant la naissance de Jeanne, envisageait de présenter sa fille au fils Pujols, dont le père construisait des maisons et faisait travailler une cinquantaine d'ouvriers. Comme Albin lui vendait des pierres, les deux hommes en avaient parlé et étaient presque d'accord. Mais la faute de Marie avait mis fin au beau rêve.

Albin sortit dans le petit matin froid, saluant les ouvriers qui installaient l'électricité dans le village et entraient prendre un petit remontant, quand Marie arriva dans la salle commune, devancée par une fillette d'une dizaine d'années.

— Dépêche-toi d'aller embrasser ton père, tu vas être en retard à l'école.

La brunette au teint mat posa un rapide baiser sur la joue barbue de Martin, occupé à servir les ouvriers. Par la porte ouverte arrivaient les conversations des gens qui, de nouveau, s'étaient rassemblés sur la place pour écouter, anxieux, le bruit de la tour.

L'heure était venue de se mettre au travail pour préparer les repas des nombreux ouvriers qui prenaient pension chez Louise, dont la cuisine avait bonne réputation. Marie passa dans le cellier et déballait la charcuterie que lui avait apportée Guérin lorsque, à nouveau, les lointaines paroles d'une chanson l'arrêtèrent. Elle demeura interdite un long moment, la tête tournée vers la fenêtre. Puis, le cœur battant à se rompre, elle se redressa et ouvrit en tremblant la petite porte donnant sur la rue en pente. Le doute n'était plus possible : le vent du nord lui rapportait un refrain qu'elle n'avait pas entendu depuis onze interminables années.

Quand nous chanterons le temps des cerises,

Gais rossignols et merles moqueurs
Seront en fête...

Elle referma vivement la porte et resta longtemps le regard perdu dans la pièce encombrée de cageots et de boîtes de conserve. Son attente touchait-elle à sa fin ? Alors le combat tant redouté allait commencer... La voix chantait toujours... Angelo était donc revenu ! Jamais Marie ne s'était résolue à croire que le jeune homme ait pu être enseveli par une bombe. Au fin fond de son âme, quelque chose comme un terrible espoir lui avait murmuré sans cesse qu'il avait survécu, qu'il reviendrait. Mais cela ne devait rien changer au bon ordre de sa vie. Elle avait appris à se passer de lui et épousé Martin, un rude paysan qui avait donné son nom à Jeanne. Marie ne devait rien attendre de ce retour qu'elle espérait pourtant malgré elle depuis tant d'années.

Elle regagna la cuisine, où sa mère avait commencé à nettoyer les légumes. Le facteur fit son apparition, chargé d'une grosse besace. Il parcourait chaque jour dans la commune ses quinze kilomètres, buvant un verre dans chaque maison. Le soir, il rentrait en chantant des cantiques et s'agenouillait devant toutes les croix qu'il trouvait pour remercier Dieu de lui avoir laissé la vie, même s'il lui avait pris la face. C'était un homme serviable, et il avait besoin des autres à présent que sa blessure avait fait de lui un être hideux. On disait que sa femme avait beaucoup de mérite de l'accepter dans sa couche, et il le savait.

— Tu as entendu le Barconi ? demanda le facteur à Martin. Il est là et bien là, et pour qu'on en soit sûrs il n'arrête pas de chanter ! La vie doit être belle pour lui.

Martin poussa un long soupir et, sans un mot, porta à ses lèvres le goulot de sa bouteille de gnôle.

Marie versa dans une marmite une généreuse rasade d'huile, puis entreprit de découper une volaille. Louise avait abandonné la cuisine à sa fille, beaucoup moins parcimonieuse qu'elle pour préparer les sauces et les plats traditionnels qui faisaient la renommée de la maison. La jeune femme ne cessait d'aller dans la remise dont l'étroite porte donnait sur la rue en pente, près de la boulangerie, ce qui lui permettait de surveiller la place où les badauds bavardaient en petits groupes.

— Mais qu'est-ce que tu fais ? s'écria Louise en posant un regard sévère sur la jeune femme. Tu ne vois pas que la viande est en train de brûler ?

— Ce bruit me met les idées à l'envers.

La mère savait ce qui chavirait l'esprit de sa fille et redoutait que le passé ne vienne à nouveau semer le désordre dans les affaires de la famille. Si le bistrot rapportait, c'était grâce au travail des deux femmes. Levées dès cinq heures du matin, elles préparaient le café, recevaient les premiers ouvriers qui venaient boire leur vin blanc, et se couchaient tard après le départ de tous et le nettoyage de la salle commune.

— Eh bien fais attention, avec tes idées de travers. Parce qu'elles pourraient te conduire où tu ne veux pas aller.

Marie tourna ses yeux bleus vers sa mère puis s'abîma dans la contemplation de la viande qui rissolait. Qu'était devenue la jeune fille d'autrefois qui aimait tant rire et danser ?

Lorsque Jeanne était née, personne parmi les Malventois ne s'était étonné que le bébé ait la peau mate alors que les Marlhac et les Brodet avaient une peau blanche et sensible au soleil. Les amours de Marie et d'Angelo restaient gravés dans les mémoires. Et la guerre n'avait rien effacé : quand Marie marchait sur la place ou dans les ruelles, les gens pensaient à l'Italien, comme si l'image du jeune homme était encore perceptible à travers la sienne.

Tout allait de travers. Le bruit obsédait les esprits les plus solides. On s'arrêtait pour l'écouter, se rassemblait pour commenter le retour d'Angelo Barconi, qu'on associait à cette manifestation incongrue de la tour. Les clients qui venaient acheter leur tabac ne parlaient que de ça, et Martin avait l'impression d'être sur le point de perdre ce qu'il avait de plus précieux ; on le jetterait à la voirie, hors de ce bistrot où jamais il n'avait eu sa place.

— Faut pas croire qu'on va se laisser faire ! dit-il à Matthieu Massenet dans un élan de mauvaise humeur.

Avant la guerre, cet homme avait travaillé dans le chai de Geoffroy Blanc, le maire marchand de vin. Il vivait avec sa vieille mère et un oncle dans une petite maison attenante au presbytère. Une balle lui avait emporté une partie du crâne. Il avait survécu alors qu'on le donnait pour mort. Mais c'était au prix de terribles migraines qui le détruisaient à petit feu. Chaque fois que cela le prenait, il fallait l'attacher et l'enfermer afin qu'il ne se tire pas un coup de fusil. « Personne ne peut savoir ce que je souffre ! » disait-il, et son oncle avait toutes les peines du monde à le maîtriser.

— Avec tout ce qu'on a vu, on devrait n'avoir peur de rien, répondit Massenet. Pourtant moi j'ai peur de tout, même si j'ai souvent envie de mourir.

— Tu ne crois pas que celui qui passe à travers les balles est plus qu'un chanceux ?

— Tu veux dire qu'il serait protégé par quelque chose ou quelqu'un de plus fort que les hommes ?

Massenet se signa. Il était resté extrêmement pieux ; sa blessure avait beaucoup diminué son entendement et, se considérant comme un miraculé, il se disait capable de sentir l'odeur du diable qui rôdait autour des humains.

— Ça sent mauvais, depuis que cette tour s'est mise à grogner, ajouta-t-il. Ça sent le soufre, tu ne trouves pas ?

— Si, répondit Martin en roulant vers la salle du bistrot.

Les apprentis du scieur de long venaient d'entrer. Ils riaient fort et se moquaient de ces gens affolés par le simple bruit d'une casserole agitée par le vent.

— Aucun risque qu'elle s'écroule, déclara l'un d'eux. Tu parles, si elle devait tomber, ce serait fait depuis longtemps.

— Qu'on me donne cent francs or et j'y monte, proposa un autre. Ce sera de l'argent facilement gagné.

Lorsque ces propos parvinrent aux oreilles de Marie, elle poussa un profond soupir.

Angelo Barconi avait passé la nuit dans la forge, dont il avait allumé le foyer. Quand il se leva, le jour pointait au-dessus des collines. Il connaissait l'origine du bruit, qui ne le gênait pas. Il raviva les braises, posa sur son appui la longue perche de bois servant à actionner le soufflet, enfila son manteau et sortit. Près du fossé situé au pied de la tour, son cheval noir grattait la neige pour découvrir les touffes d'herbe jaunie. Angelo le ramena à l'écurie jouxtant la forge, ôta de la mangeoire les toiles d'araignées lourdes de poussière et y versa de l'avoine. Sombre et massive, la tour se dressait sous le ciel clair. Des arbres avaient poussé autour ; ronces et buissons envahissaient le petit potager que son père cultivait autrefois au-dessous du donjon. Malgré cela, les signes du passé ramenaient Angelo à ses vingt ans et à sa fuite en 1908. Onze années s'étaient écoulées ; il revenait trop tard pour faire la paix avec son père, mort deux ans plus tôt.

Il observa le ciel, où les étoiles se dissolvaient dans la clarté laiteuse de l'aube, puis les collines figées, le village en contrebas. La pensée de Marie ne le quittait pas. Elle devait être au bar-tabac en train de servir les clients. Il redoutait la confrontation avec les gens du bourg, tous en deuil d'un fils, d'un gendre, d'un frère ou d'un père, et pour qui le miracle de sa bonne santé aurait des airs de sacrilège.

Au début de la guerre, Angelo avait retrouvé Armand Margeride, un jeune paysan de Malvent. Le front les avait rapprochés, et ils ne s'étaient plus quittés. C'est ainsi qu'Angelo avait appris que Marie avait épousé Martin Brodet et accouché peu après d'une petite fille, la sienne. Puis Armand était tombé au cours d'une attaque.

Angelo s'arrêta face à l'imposante masse de la tour. La mare en contrebas n'avait pas dégelé depuis deux mois ; le temps du coucou était encore loin. Reviendrait-il un jour ? Dans ce froid minéral, le jeune homme se prit à douter de la régularité des saisons. Depuis la guerre, quelque chose s'était détraqué dans la marche du temps.

— Viens, Pinard, on rentre !

Un vieux chien roux, très maigre, le pelage sec et les babines baveuses, leva ses gros yeux larmoyants vers lui et se mit lentement debout pour le rejoindre en titubant. Angelo le précéda dans la petite maison qui se trouvait à côté de la forge. La veille, en arrivant, il avait nettoyé l'intérieur et enlevé les toiles d'araignées. Ce n'était pas encore très propre mais, en habitué des granges à foin, le jeune homme s'en contenterait.

— Mon bon Pinard !

L'animal avait rejoint le régiment en 1917, et il y avait pris de fort mauvaises habitudes. À la fin des hostilités, Pinard s'était attaché aux pas d'Angelo, qui avait choisi de garder ce compagnon triste et silencieux.

Le jeune homme alluma la lampe à pétrole et s'assit à sa place, près de la table couverte de poussière. Le placard était resté ouvert. Il pensa à sa mère, Gina, rongée par la maladie, qui allait et venait dans cette modeste pièce.

La petite femme souffrait de tuberculose, et elle n'avait pas supporté de devoir quitter sa région napolitaine à la suite d'un règlement de comptes qui avait mal tourné pour son mari. Angelo se rappelait la traversée des Alpes, leur fuite vers le nord et les montagnes du Massif central. Ils s'étaient arrêtés à Malvent, où la forge était à vendre. Bien sûr, pour des étrangers, le prix avait été multiplié par deux, mais Francesco Barconi avait de l'argent. Il avait fallu deux années pour que les gens du pays commencent à lui faire confiance. Excellent forgeron, il possédait le secret d'un fer résistant qui ne rouillait pas. Lorsque Gina mourut, le père et le fils durent se débrouiller seuls. Francesco était droit, honnête, mais il n'acceptait pas qu'Angelo puisse remettre en cause son autorité.

— Mon bon Pinard, tu trembles…

Le jeune homme alla chercher dans son sac une bouteille de vin et en vida une partie dans une casserole. L'animal se mit à laper le liquide. Les soldats l'avaient habitué à boire, et il ne pouvait plus se passer de vin. Angelo but un verre à son tour et mangea un peu du fromage et du pain qu'il avait dans sa musette.

Selon l'intensité du vent, le bruit de la tour allait d'un grondement profond à un roulement intense montant dans les aigus pour devenir une plainte aigre, tout à fait étrange. Quoique ce soit interdit, Angelo était monté plusieurs fois au sommet de l'édifice, où une tôle extrêmement sonore était coincée entre les grosses pierres du mâchicoulis...

Malgré ces vibrations entêtantes au timbre métallique, Angelo se mesurait à la présence immobile des meubles poussiéreux, au poids des murs et du passé qui reprenaient vie autour de lui. Son père, assis en bout de table, taciturne, fumant sa cigarette les yeux baissés ; sa mère toujours active, passant de longues heures à broder près du feu, sa mère trop tôt disparue.

Aux pieds d'Angelo, Pinard ronflait comme un ivrogne. Le jeune homme lui lança un regard attendri et sortit de nouveau. Le soleil se levait, rouge et glacial. Angelo emprunta le sentier de la tour qui partait du chemin principal et se faufilait entre les taillis. Il contourna l'édifice, descendit jusqu'à la Dordogne, qui ruisselait au fond de sa vallée escarpée entre d'immenses blocs rocheux. La neige crissait sous ses pas. Malgré le froid intense, les souvenirs liés à la rivière affluèrent, illuminant sa mémoire. C'est là qu'il venait se promener avec Marie ; c'est là qu'elle lui demandait de chanter pour elle. Souvent, le dimanche, Angelo accompagnait de sa belle voix l'accordéon ou le violon dans la salle commune du bistrot de Louise, où les jeunes se rassemblaient pour danser et rire malgré les remontrances du curé, pour qui le jeune Italien était tout simplement le diable. C'était le temps heureux ; Albin Marlhac laissait Angelo faire les yeux doux à sa fille car il supposait que rien n'était possible entre cet étranger sans religion et l'héritière d'une bonne affaire de Malvent. Avec le bistrot, le bureau de tabac et la carrière, les Marlhac n'étaient pas riches, mais largement à l'abri du besoin. Le seul regret d'Albin étant alors de ne pas avoir de fils, il espérait trouver un gendre de bonne famille qui le remplacerait avantageusement. Ce beau rêve s'était perpétué jusqu'au jour où il avait surpris Marie et Angelo dans la grange de Marcilloux.

Francesco Barconi était mort en 1916, et son fils n'en avait été averti que plusieurs jours après l'enterrement. C'était l'un des grands regrets du jeune homme et, ce soir, il songeait à ce père si sage, parlant le français avec un fort accent napolitain. Le curé Bonnière le haïssait parce qu'il n'allait pas à la messe et semait au cœur d'une population souvent illettrée des idées peu recommandables. Le forgeron ne disait-il pas à qui voulait l'entendre qu'il ne fallait croire que ce qu'on pouvait comprendre et ne pas admettre tous les boniments de la religion ? Des paroles on ne peut plus condamnables aux yeux du vieux prélat…

Angelo s'assit sur la pierre plate où, en compagnie de Marie, il aimait à regarder le torrent se heurter aux énormes rochers. Les paroles d'une chanson s'imposèrent alors à son esprit, et il se mit à chanter. Marie était près de lui, comme autrefois, et l'avenir leur tendait les bras…

Vers midi, avertis par un colporteur, les gendarmes de Pleaux arrivèrent à Malvent pour constater le phénomène. Ils garèrent leur véhicule sur la place, devant le bistrot de Marie. Les gens s'attroupèrent aussitôt autour des représentants des forces de l'ordre. S'ils n'espéraient rien d'eux, ils pensaient toutefois qu'auprès d'hommes en uniforme il ne pouvait rien leur arriver.

Le brigadier Mangein, un homme d'une cinquantaine d'années portant une magnifique moustache grise de poilu, se positionna face à la tour. La guerre ne lui avait pris que l'oreille gauche, et il devait se placer d'une certaine manière pour que la droite remplisse son office. Le bruit n'était pas aussi intense que le matin, mais on le percevait nettement, une sorte de sifflement aigu qui faisait mal.

Depuis sa cordonnerie au coin de la place, entre l'église et l'épicerie d'Albert Graulhet, Anselme Chambon vit arriver la voiture. Il eut à peine le temps de chercher son képi et de l'ajuster sur ses cheveux blancs. Souffrant d'une vague maladie de cœur qui lui avait évité la mobilisation, le garde champêtre témoignait en toutes circonstances d'une vivacité surprenante dans ce monde d'éclopés. Il sortit donc, armé de toute la prestance que lui conférait son rôle d'homme assermenté, seul autorisé à dresser un procès-verbal – ce qu'il ne faisait jamais car il écrivait fort mal. Cependant, il prenait sa fonction très au sérieux, ne tolérant pas le moindre manquement aux règles établies. Il agitait constamment son carnet de contraventions, promettait des sanctions. Mais les rires irrespectueux sapaient sa belle autorité.

Il s'approcha des gendarmes, leur fit un rapide salut militaire. Le brigadier lui répondit avec hauteur :

— Un chiffonnier nous a avertis. C'est quand même bizarre, ce bruit…

— Oui, c'est bizarre, mais il y a sûrement une raison ! affirma le garde champêtre. Les gens disent que c'est signe de malheur.

— Les gens disent n'importe quoi. Il faut les laisser parler. Si on allait voir ça de plus près ?

— Il faut prendre par là et remonter jusqu'à la forge de Francesco Barconi. Son fils est de retour depuis hier soir, et les gens du village pensent que c'est ce qui a réveillé la tour.

Le brigadier eut un sourire incrédule et se tourna vers les deux gendarmes, qui n'avaient rien dit.

— Vous voyez ce qu'on croit encore, ici ? Faudra vous habituer à vivre avec le diable et les revenants. Le pays en est plein ! Ce sont des nouveaux, ajouta-t-il à l'intention d'Anselme Chambon. Ils viennent de Bordeaux et ne connaissent pas la mentalité des villageois. C'est pour ça que je les ai amenés.

Le garde champêtre se sentit vexé : voilà qu'on amenait les nouvelles recrues à Malvent pour leur montrer les arriérés. Il chercha une réplique bien sentie mais, n'en trouvant pas, se contenta de grogner avec hargne :

— On n'est pas plus cons que les autres !

— Ce n'est pas ce que je voulais dire, précisa le brigadier.

Comme le chemin était trop défoncé pour qu'un véhicule puisse s'y engager, les gendarmes prirent à pied la direction de la tour, emboîtant le pas au garde champêtre.

Ils arrivèrent près de la petite maison dont la cheminée fumait, au pied de l'édifice. Un vieux chien roux endormi sur le pas de la porte ouvrit les yeux, aboya faiblement et reposa sa lourde tête sur le sol froid. Puis un homme au teint mat sortit de la forge pour accueillir les gendarmes.

— Les nouvelles vont vite, constata-t-il.

— Vous êtes Angelo Barconi ?

— Lui-même, et propriétaire de ces deux bâtiments, la forge et la petite maison d'habitation. Je suis aussi propriétaire de la tour...

— Ce bruit, vous avez une idée d'où il peut venir ?

— D'une plaque de métal qui se trouve tout en haut, côté nord, coincée entre de grosses pierres. Je le sais, j'y suis monté autrefois !

— Ah bon ? s'étonna le brigadier en jetant un œil vers le garde champêtre comme pour lui demander confirmation.

— C’est possible, admit le vieil homme. Moi, je ne suis jamais monté là-haut, c’est interdit par le préfet. D’ailleurs, regardez, il y a encore les restes de la clôture qui avait été installée avant la guerre pour barrer l’accès.

Visiblement, l’histoire de la plaque coincée entre les pierres ne convainquait pas le garde champêtre. Sans être superstitieux, il avait toutefois le sentiment qu’une malédiction était liée à cette construction branlante, lieu de rendez-vous des âmes damnées. Et, puisque Dieu existait avec une multitude d’anges, pourquoi n’y aurait-il pas aussi une multitude de démons ?

— Quoi qu’il en soit, reprit le brigadier, il faudrait qu’on grimpe pour en avoir le cœur net.

— C’est très dangereux, intervint Angelo. Les pierres se détachent des murs. Et puis, quand le vent cessera de souffler du nord, le bruit cessera aussi !

— Ce n’est pas la première fois que le vent souffle du nord ! répliqua vivement Chambon. Alors, comment vous expliquez qu’il n’ait pas chanté avant, votre morceau de métal ?

— Je n'en sais rien, avoua Angelo, mais il y a sûrement une raison, parce qu'il y a une raison à tout.

— Bon, trancha le brigadier en faisant demi-tour vers le sentier, on n'y peut rien. On a à faire ailleurs.

Il en savait assez. Ses deux collègues avaient pu mesurer toute la crédulité des Malventois, ainsi que la force de l'irrationnel dans ce pays de collines et de précipices. Ils pourraient en tenir compte dans leurs investigations à venir.

Les trois gendarmes remontèrent donc dans leur véhicule, qui s'éloigna sur la route de Pleaux, tandis que les gens du village se rassemblaient autour du garde champêtre, qui grogna :

— Angelo Barconi a toujours réponse à tout, comme son père, qui ne croyait pas en Dieu et affirmait que tout a une cause et que la réflexion est préférable à la prière. D'accord, c'est le vent du nord qui fait ce bruit sur les pierres du haut. Moi, je veux bien. Mais qui commande au vent de souffler ?

L'épicier quitta sa boutique voisine de la boucherie. La manche vide de sa blouse flottait sur sa gauche. Les cheveux courts, la moustache fournie, comme son voisin, Albert se donnait des grands airs et se plaçait au-dessus des paysans, car sa boutique lui permettait de vivre à peu près convenablement, ce qui n'était pas rien dans ce pays où la terre était avare de ses bienfaits.

— Moi, déclara-t-il, tout ce que j'ai à dire, c'est qu'il faut que ça s'arrête au plus vite. Je n'ai pas fermé l'œil de la nuit, et ce matin j'ai du mal à faire mes comptes.

— Oh, je ne me fais pas de bile pour toi ! répliqua le cordonnier, animé par une jalousie viscérale envers l'épicier. Si tu te trompes dans tes comptes, ce ne sera pas en ta défaveur !

Midi approchait. Le soleil étincelait sur les larges langues de neige. Le vent glacial cinglait les visages. Sur la place, un groupe animé commentait la visite des gendarmes. La présence au village de paysans désœuvrés à pareille heure était déroutante, et contribuait à faire monter l'angoisse générale. Rien ne se passait comme d'habitude ; le bruit amplifiait l'impression que rien n'était plus à sa place, on ne reconnaissait plus tout à fait les maisons du village, le clocher derrière le vieux tilleul planté au cœur du village, la boucherie et sa porte vitrée en face, le bistrot-tabac, la route de Pleaux... Tous tournaient en rond comme des animaux en cage, prisonniers de l'attente d'un nouveau malheur.

Un homme arriva par le chemin de la tour et dépassa l'échoppe du cordonnier accompagné d'un vieux corniaud roux qui progressait difficilement derrière lui. Tous les regards se tournèrent vers Angelo Barconi. Il salua Béroudeau, Mialet et Massenet.

— Angelo, dit enfin le garde champêtre, qui s'était approché, te voilà fier comme un roi ! On t'a entendu chanter, ce matin, on dirait que tout va bien pour toi !

Le jeune Italien perçut une pointe d'agressivité dans ce propos. Il eut soudain honte de sa démarche, de sa santé, de sa force.

— Je reprends la forge de mon père.

Les autres le regardaient avec curiosité, parcourant des yeux son corps robuste et indemne. Ils n'avaient pas vu un homme alerte dans la force de l'âge depuis longtemps, et n'osaient pas lui poser la question qui leur brûlait les lèvres : « Où étais-tu pendant que les autres se faisaient flinguer? » Angelo le comprit, et afin d'éviter les rumeurs il s'expliqua :

— J'ai fait comme les autres, Verdun et tout le reste. Quatre ans! C'est vrai, j'ai eu beaucoup de chance, et je ne sais pas pourquoi.

Tout en parlant, il regardait autour de lui, les maisons grises, le presbytère où vivaient l'infâme curé Bonnière et sa sœur, l'épicerie, la boucherie et, plus bas, la maison de Marcilloux, et la grange où Albin l'avait surpris avec Marie. Son regard s'attarda sur le bistrot.

— Il paraît que ç'a été dur, ici? s'enquit Angelo en baissant la tête car il avait aperçu, par la fenêtre de la cuisine, la silhouette de Marie.

— Ça, tu peux le dire, ç'a été très dur. Pas un n'est revenu entier! dit le garde champêtre, dont la fille aînée s'était retrouvée veuve à vingt ans.

— Est-ce que dimanche prochain vous pourrez annoncer à la sortie de la messe que la forge de la tour est à nouveau ouverte et que je peux ferrer les chevaux et les bœufs, et même les ânes ?

— Bon, je ferai un double roulement de tambour. Dimanche il y aura beaucoup de monde ; on a beau avoir l'impression d'être au mois de janvier, c'est bientôt les Rameaux.

Angelo remercia Chambon et partit en direction du bistrot. Les autres l'observèrent avec curiosité. Aurait-il le culot d'entrer chez Marie et de braver Albin, qui avait juré de l'abattre comme un lapin s'il remettait les pieds chez lui ? Après quelques pas, le jeune homme se retourna.

— On m'a dit que l'aîné du pauvre Armand Margeride était mitron chez Leroy. Il faut que je le voie, son père et moi on a fait une partie de la guerre ensemble.

— Un bien bon garçon, dit Béroudeau. Il travaille la nuit à la boulangerie, et la journée il s'occupe de la ferme de sa mère.

Les mains dans les poches et l'air dégagé, Angelo se dirigea vers la boulangerie, en contrebas du bistrot. Marie le regardait par la fenêtre de la cuisine, il le savait, et cette attitude dégagée lui permettait de ne pas montrer le tumulte qui l'agitait. Il emprunta la ruelle longeant la remise de Marie, passa près de la grange de Marcilloux et entra dans la boutique, où la boulangère installait sur les rayonnages d'osier sa dernière fournée de tourtes et de pains. Lorsqu'elle reconnut le jeune homme, un large sourire illumina son visage. Elle était toujours cette blonde aux yeux verts et à la poitrine généreuse. N'ayant pas eu d'enfants, son corps n'avait pas été déformé par les grossesses. Il n'avait pas non plus été endommagé par les travaux pénibles. Si les gens médisaient beaucoup au sujet de la jeune femme et prêtaient volontiers des cornes de cerf à son mari, beaucoup plus âgé qu'elle, personne ne pouvait se vanter d'avoir obtenu de sa part la moindre faveur.

— Angelo ! s'exclama-t-elle dans un sourire qui découvrit des dents que les années n'avaient pas gâtées. Te revoilà ! On disait que tu étais mort !

— Non, et je n'ai même pas été blessé. D'ailleurs, quand je vois toutes ces veuves et tous ces malheureux avec leurs béquilles, je me demande bien pourquoi un obus ne m'a pas expédié moi aussi.

— Ne dis pas de bêtises ! Il y a bien assez de malheur comme ça.

Un garçon d'une quinzaine d'années, très brun, aux cheveux raides et couverts de farine, apparut dans le couloir provenant du fournil. Quand son regard croisa celui d'Angelo, il rougit.

— Ah, Pierre ! fit la boulangère, voici Angelo Barconi, dont tu nous as tant parlé. Pierre apprend le métier avec mon mari, ajouta-t-elle tandis que le garçon bredouillait des phrases incompréhensibles en regardant ses chaussures. Il est tellement timide qu'il rougit pour un rien.

Ces paroles accrurent le malaise de l'adolescent qui, toutefois, s'approcha d'Angelo et, au prix d'un effort visible, osa lever furtivement les yeux vers lui.

— Mon père nous a beaucoup parlé de vous dans ses lettres ! bredouilla-t-il.

— Oui, Armand et moi, on s'est retrouvés au tout début de la guerre. Et on est restés ensemble deux années, jusqu'à ce que... C'était plus qu'un ami. C'était un frère.

— Je suis tellement content de vous voir ! avoua Pierre avant de tourner les talons et de prendre la fuite vers son fournil.

— Il faut un peu de temps pour l'apprivoiser, conclut la boulangère. C'est un très bon petit gars, mais il est sauvage et maladroit pour parler aux gens. Il a beaucoup de mérite de s'occuper de ses cinq frères et sœur. Jean et moi, nous l'aimons beaucoup !

Le jeune Italien acheta une tourte et sortit. Pinard, qui s'était couché à l'entrée, se leva et emboîta lourdement le pas à son maître.

Depuis la cuisine, Marie avait vu Angelo bavarder avec le garde champêtre. Les jambes tremblantes, elle n'était pas parvenue à détacher les yeux de celui qu'elle avait connu très jeune et qui était devenu cet homme fort marchant d'un pas assuré. Elle l'avait regardé traverser la place, approcher du bistrot, descendre la ruelle et passer près de la porte de la remise. Marie avait mal partout. Des frissons parcouraient son corps. Cet instant qu'elle avait tant espéré devenait une torture. Une vague envie de mourir l'avait envahie.

Mourir. Ne plus penser à cet homme. Oublier ce qui la rendait irritable avec les clients.

Un grincement du plancher la fit sursauter. Arrivé sur son fauteuil, Martin perçut très nettement dans le regard de sa femme l'horreur qu'il lui inspirait. Il alla près de la fenêtre, observa la place toujours occupée par un groupe d'hommes bavardant encore autour du garde champêtre. Les enfants remontés de l'école jouaient près de la fontaine. Parmi eux, Jeanne se remarquait aisément : très brune, la peau mate et les yeux d'un noir de charbon. C'est alors qu'Angelo arriva, sa tourte sous le bras.

— Il ne manque pas de culot, celui-là ! s'exclama Martin. Il revient pour nous dire qu'on est tous des cons, et il chante pour nous faire dépit.

Marie s'apprêtait à répondre quand sa mère entra dans la cuisine, chargée d'une pile d'assiettes. Le regard que Louise jeta à sa fille était empreint d'une colère contenue qu'elle passa sur son gendre.

— Qu'est-ce que vous faites là, Martin ? Le cantonnier et ses deux gars attendent pour du tabac !

— J'y vais.

— Et toi, poursuivit Louise, qu'est-ce que tu attends ? Les ouvriers de l'électricité vont arriver et tu n'as pas préparé le potage ! Où as-tu la tête, ce matin ?

Toujours rivée à la fenêtre, Marie ne broncha pas. Angelo traversait la place et se dirigeait vers le groupe d'enfants, près de la fontaine. Jeanne passa près de lui, et il tendit la main pour l'arrêter.

— Comment tu t'appelles, toi ?

— Jeanne Brodet, répondit-elle sans baisser les yeux.

— Eh bien, Jeanne, je te trouve très belle ! déclara le jeune homme en soulevant la fillette pour poser un rapide baiser sur son front.

Puis il s'éloigna sur le chemin de la tour. Tout le monde avait vu ce geste, qui n'était pas anodin. Le garde champêtre se détacha du groupe qui l'entourait ; l'épicier, lui, sortit sur le pas de sa porte tandis que le boucher essuyait ses mains sur son tablier taché de sang et posait son couteau près de l'agneau écorché qu'il était en train de découper…

Albin Marlhac revenait de sa carrière lorsqu'il avait lui aussi assisté à la scène. Sans un mot il passa non loin des curieux.

— Toi, tu files à la maison ! dit-il à sa petite-fille, qui jouait avec un bateau en papier sur le bassin de la fontaine.

Angelo avait disparu dans le chemin creux conduisant à la tour, dont le bruit sembla soudain plus fort, plus sombre.

Revenu de l'une de ses longues promenades, le fils du boucher s'arrêta face à l'église et cria :

— Le diable nous dit que Dieu n'est pas le plus fort !

Sa mère, une petite femme ronde vêtue de noir, sortit de la boucherie et le prit par le bras.

— Rentre, au lieu de dire des bêtises ! s'exclama-t-elle en poussant le dément vers la porte vitrée.

Lorsque la pendule sonna quatre heures du matin, Marie se dressa sur ses coudes dans le lit en coin qu'elle occupait seule. Dans le grand lit situé à l'autre bout de la chambre, Martin était éveillé lui aussi. Depuis son retour de la guerre, chacun dormait de son côté. Marie avait pretexté sa peur de gêner le grand blessé, que ses membres inertes faisaient toujours atrocement souffrir. Puis l'habitude s'était installée. Quand Martin demandait à sa femme de lui tenir compagnie, elle prétextait une grande fatigue, et la contrainte d'un réveil très matinal pour la cuisine. Son mari supportait mal sa solitude, et le retour d'Angelo en faisait un enfer.

Dans quelques heures, les gens viendraient nombreux à la grand-messe des Rameaux. Une bonne partie de la journée, le bistrot ne désemplirait pas. Et lui, Martin, il resterait derrière son comptoir, à servir des verres de fine et des paquets de tabac. De temps à autre il porterait à ses lèvres le goulot de sa bouteille de gnôle. Il ne pouvait plus s'en passer ; le manque d'alcool lui donnait des sueurs froides et réveillait ses cauchemars les plus insoutenables.

Le bruit de la tour lui parvenait malgré la fenêtre et les volets clos, il s'immisçait partout, telle une mauvaise odeur, rongeait ses pensées, le détruisait. En soulevant Jeanne pour l'embrasser, Angelo avait mis tout le monde face à une réalité que Martin s'obstinait à nier et à taire. La ressemblance entre la fillette et le forgeron, cette même peau brune, ces mêmes cheveux frisés, ce même sourire ne pouvaient désormais plus échapper à personne.

Marie bougea. Le sommier craqua.

— Tu te lèves déjà ? Il n'est que quatre heures…

— C'est les Rameaux. Il va y avoir beaucoup de monde, et j'aimerais bien trouver un peu de temps pour aller à la messe.

Elle quitta la pièce, laissant Martin seul avec ses sombres pensées, pour passer dans la chambre de Jeanne, qui dormait enroulée comme un chat, les bras sous la tête. Marie caressa la joue de sa fille, posa un baiser sur son front puis longea le couloir au plancher grinçant. Dans la cuisine, elle alluma une chandelle et rassembla des brindilles sur les cendres de l'âtre. Le bruit de la tour était plus fort, plus insistant à cette heure immobile, comme s'il s'adressait à elle seule.

La lâcheté dont elle avait fait preuve lui apparaissait sans fard, mais elle n'avait pas eu le choix. Lorsque son père l'avait trouvée dans la grange avec Angelo, elle avait dit que le jeune homme l'avait forcée à le suivre. Le soir, le jeune garçon était venu frapper à ses carreaux et lui avait proposé de partir avec lui, très loin, afin qu'ils puissent se marier sans rien demander à personne. Mais Marie avait refusé ; elle n'envisageait pas de vivre ailleurs qu'à Malvent. « Alors tu ne me reverras jamais ! » avait dit le fier jeune homme. Un peu plus tard, quand elle avait compris qu'elle était enceinte, Marie avait pu considérer toute l'ampleur de son erreur. La honte s'était abattue sur elle, sur sa famille, et Angelo avait filé. Il avait fallu ce pauvre Martin pour redorer l'honneur de la fille perdue d'Albin Marlhac, qui ne transigeait pas sur les principes.

Elle s'assit près du feu. La porte grinça, et son père fit son entrée. Albin était relativement petit, mais son corps massif, puissant, exprimait une autorité que personne ne lui contestait. Il avait sa mine des mauvais jours, le visage renfrogné, les yeux fuyants. Sans un mot il s'assit à table, à la place où il buvait son café chaque matin.

— Tu t'es levée bien tôt, ce matin, mais tu n'as rien fait, dit-il sans lever les yeux, après un long silence, tandis que Marie s'obstinait à attiser le feu.

Elle secoua la tête. Ses lourdes boucles roulèrent sur son visage. Elle tourna ses yeux tristes vers son père, qui crut y lire comme une prière.

— Qu'est-ce qui te tracasse ?

— Mais rien, répliqua Marie, s'étonnant elle-même du ton agacé qu'elle osait employer à l'égard de son père.

Elle lui servit un café fumant qu'il but en silence. Louise, qui préparait les tables pour midi, entra dans la pièce pour couper du pain, plier du saucisson et du fromage dans du papier journal et prendre une bouteille de vin dans le placard.

— Ton casse-croûte. Tu ne vas quand même pas travailler jusqu'à midi. C'est les Rameaux.

— Je reviendrai pour la grand-messe. Mais j'ai une commande à terminer.

Albin passait ses journées dans sa carrière. Ce sauvage ne supportait pas la présence des clients dans le bistrot. Lorsqu'il ne travaillait pas, il alait à son potager, plus bas, près de la mairie-école, où personne ne venait jamais le déranger.

Tandis qu'il attrapait sa musette et se dirigeait vers la porte, un cri retentit sur la place, un cri si insensé à cette heure qu'Albin pensa que le fils du boucher s'était échappé, comme cela se produisait parfois. Le boulanger, qui préparait les gâteaux de la fête, sortit de son fournil, puis le facteur apparut. Il n'avait pas de tournée à faire, mais s'était levé comme d'habitude. Le ciel était clair ; il faisait très froid. Albin vit un homme se pencher au-dessus du bassin de la fontaine comme pour y plonger la tête.

— Eh bien, Gustave, qu'est-ce qui te prend ? demanda-t-il.

Gustave Milenas exploitait au pied du bourg une minuscule ferme dont les champs étaient exposés au nord. Gazé pendant la guerre, il souffrait d'étouffements qui le laissaient presque mort. Sa pension de guerre était minuscule, et il parvenait difficilement à faire vivre sa femme et ses cinq enfants.

— Mes moutons, pleurait l'homme. Tous noyés dans la Dordogne !

— Mais quoi, qu'est-ce qui s'est passé ?

Alertés par le son des voix, Léonard Béroudeau et Léon Mialet sortirent de chez eux. Jean et Pierre arrivèrent du fournil, torse nu malgré le froid. Puis vinrent enfin l'épicier, Marcilloux, Massenet, Béroudeau et Anselme Chambon, coiffé de son képi de garde champêtre.

— Je les conduisais au pré, au lever du jour à cause de la messe des Rameaux, gémit Gustave. Le bruit les a rendus fous et ils sont partis tout droit vers le rocher des Brigands. Ils sont tombés dans la Dordogne !

Les hommes se regardaient, incrédules. Mais Albin ne perdait jamais la tête.

— Comment tu sais que c'est le bruit qui les a paniqués ? demanda-t-il. Ils ont peut-être eu peur des chiens, ou d'un loup. Paraît qu'il en est revenu, depuis la guerre.

— Non, c'est le bruit, j'en suis sûr. Ce bruit qui nous rendra tous fous. Ils sont sortis et ils ont tourné la tête vers la tour, puis comme si quelqu'un le leur avait commandé ils sont partis vers le rocher. Je les ai appelés, mon chien a essayé de les ramener ; rien à faire !

— Allez, viens boire un coup, lui proposa Albin. On va voir ce qu'on peut faire. On peut peut-être récupérer quelque chose… La laine, les peaux, et pourquoi pas la viande ?

— Faut voir, répondit Gustave Milenas en se laissant emmener au bistrot, où Martin, debout lui aussi, lui servit un grand verre de gnôle, qu'il but d'un trait avant de se mettre à pleurer comme un enfant.

Comment allait-il payer le médecin pour sa fille aînée à la santé si fragile ? Et il comptait aussi sur la vente des agneaux et des fromages pour rembourser sa dette chez le maire marchand de vin. Le blé manquait au grenier, et les châtaignes étaient moisies. Ses enfants auraient faim avant l'été !

— Tout ça à cause de cette guerre ! Je ne peux plus travailler comme avant ; dès que je force un peu, je n'ai plus de souffle et je n'arrive plus à marcher derrière mes vaches attelées.

Albin ne voulut pas le laisser partir seul et insista pour qu'il s'asseye au comptoir.

— On va passer par la route du bas avec le cheval et la charrette de Gaston, dit-il. On remontera par le moulin et on ramassera tes moutons. Jules Guérin viendra avec nous. Il sauvera ce qu'il pourra.

— Oui, enfin... intervint Guérin. Tout un troupeau, faut écouler la viande et je ne peux pas la payer au prix ordinaire !

Gustave sortit en prenant appui sur l'épaule du garde champêtre. Il pleurnichait et osa enfin dévoiler le fond de ses pensées :

— On va tous y passer, les uns après les autres. Le Barconi est revenu pour régler ses comptes. Et il n'aura pas de mal. Regarde, on est tout cassés de partout.

— Mais pourquoi tu veux qu'il règle ses comptes ? De quoi tu parles ? demanda Béroudeau, qui avait laissé ses deux pieds à la guerre, mais pas son bon sens.

— On s'en souvient tous, mais on ne veut pas en parler. Le vieux Francesco est crevé seul, comme un chien, ça ne vous rappelle rien ? Et toi, Albin, tu ne te souviens pas qu'il s'est traîné chez toi, le vieux forgeron, qu'il a frappé à ta porte parce qu'il était très mal et qu'il voulait que tu appelles le médecin ? Qu'est-ce que tu as fait ? Et qu'est-ce qu'on a fait, nous autres, quand on l'a vu tomber à côté de la fontaine et qu'il n'arrivait pas à se relever ?

Albin ne répondit pas. Il avait renvoyé Francesco chez le garde champêtre. Le vieux avait frappé à plusieurs portes qui ne s'étaient pas ouvertes. Une semaine plus tard, un berger à la recherche de son troupeau l'avait trouvé mort devant sa forge. Les corbeaux lui avaient mangé les yeux.

— Nous, on n'était pas là, expliqua Martin, et ceux qui restaient avaient autre chose à faire. Et puis le curé leur avait commandé de ne pas lui parler.

— Peut-être, mais le curé il est bien tranquille chez lui, et pendant ce temps mes moutons sont dans la Dordogne ! pleurnicha encore Gustave en posant son verre sur le comptoir.

Louise jeta un regard courroucé à Albin, qui reboucha la bouteille de gnôle. Le groupe sortit enfin sur la place.

— Il faut que je vous le dise, souffla Gustave. Si l'Angelo est parti, c'est à cause de moi.

— Qu'est-ce que tu racontes ? demanda le garde champêtre. Il est parti parce qu'il s'est disputé avec son père quand Albin l'a trouvé dans la grange avec Marie et lui a passé le savon qu'il méritait.

— Oui, ça c'est vrai, mais c'est moi qui les ai surpris. La Marie et lui, ils roucoulaient, vous auriez dû entendre ça ! Moi, ça ne m'était jamais arrivé, autant de plaisir. Ça m'a rendu tellement jaloux que, par dépit, je suis allé avertir Albin, et il est entré dans une rage folle. Si j'avais rien dit, personne ne l'aurait su, et peut-être qu'Angelo aurait épousé Marie.

— Ça, sûrement pas ! protesta Albin.

— En tout cas c'est quand même moi qui l'ai dénoncé. Et il revient ici pour régler ses comptes. Il fait crier la tour pour nous mettre les sangs à l'envers et nous pousser dans la Dordogne les uns après les autres.

— Ne raconte pas de conneries ! Allez, viens. Faisons vite. Il faut qu'on soit revenus pour la messe.

Tous prirent le chemin menant à la rivière. Le soleil brillait, mais il faisait toujours aussi froid. Chaque bourrasque amplifiait le bruit de la tour, qui semblait exprimer une colère trop longtemps contenue. La menace annoncée par Gustave fit entendre aux hommes l'ampleur agressive du grondement. Ils dévalèrent la pente raide entre les rochers. Tout au fond de sa vallée encaissée, les flots impétueux de la Dordogne roulaient leurs eaux cristallines et froides entre les blocs de pierre. Ils n'eurent pas longtemps à chercher : tous les moutons étaient rassemblés dans un coude du torrent et formaient un épais tapis de laine blanc. Lorsqu'il les aperçut, Gustave poussa un cri et se remit à sangloter.

— Il ne me reste plus rien ! Pourquoi la guerre m'a-t-elle épargné si c'est pour me laisser vivre mal !

— Je te dis qu'on va s'arranger pour en tirer quelque chose ! s'énerva Albin. Et puis on va t'aider. On te trouvera de quoi refaire ton troupeau et tu nous rembourseras quand tu pourras.

Gustave ne savait déjà pas avec quel argent il rembourserait ses dettes passées, alors comment pourrait-il en contracter de nouvelles ? Il eut envie de se jeter parmi ses moutons.

— Bon, en tout cas, ils ne risquent pas de s'en aller, trancha Albin. Alors on va aller à la messe, et ensuite on redescendra les chercher.

La place était envahie par une foule endimanchée. Au bistrot, Marie et sa mère portaient de table en table verres de vin et casse-croûte. Derrière le comptoir, Martin servait les plus pressés, qui restaient debout, ainsi que les fumeurs qui profitaient de la sortie pour acheter leur tabac de la semaine. Certes, on venait ici chercher un peu de réconfort à parler de tout et de rien, à échanger des nouvelles, mais les conversations en revenaient toujours au même point : jamais la misère n'avait été si grande. Les femmes, les vieux et les enfants qui s'étaient saignés pendant quatre années de guerre devaient à présent porter le poids des blessés, dont les pensions étaient insignifiantes. Le cri aigre et obsédant de la tour donnait en outre aux gens un sentiment d'abandon et les poussait à se demander quelle faute ils avaient commise pour mériter telle punition.

Le vent du nord les accablait. Chaque jour, ils erraient d'un champ à l'autre, surveillant ces langues de neige qui ne fondaient pas, attendant le signe salvateur du printemps. L'urgence des travaux les exaspérait et décuplait leur envie d'en découdre avec le mauvais sort, de lui trouver un responsable. Ils échangeaient des regards silencieux, emplis d'une colère latente, prête à éclater.

La cloche retentit, et les villageois se pressèrent devant l'église. Les hommes, en costume sombre, portaient une casquette ou un chapeau neufs ; les femmes, en noir elles aussi, cachaient leur visage sous un voile de deuil.

L'église se remplit rapidement. Priorité était donnée aux éclopés, aux boiteux et autres unijambistes. Il était désespérant de voir ces jeunes hommes, pour la plupart défigurés, calés sur des béquilles. Ou le regard vide des fous. Tout cela rendait plus lourd encore le poids des absents, pour qui on ne pouvait plus rien, mais dont la présence persistait dans les mémoires, niant la fatalité et cherchant encore et toujours des responsables à ce lot d'injustices.

Enfin arriva celui que le curé attendait pour commencer l'office. Geoffroy Blanc, le maire, habitait une grande maison bourgeoise un peu en retrait du bourg. C'était un homme de forte corpulence, au visage large et rouge, à la respiration bruyante. Il avait succédé à son père dans un commerce lucratif en un lieu où la vigne était absente, mais où les riches comme les plus humbles ne pouvaient pas imaginer de se passer de vin. La guerre l'avait épargné : son âge l'avait tenu sur les lignes arrière, à l'intendance des troupes. Son fils de dix-neuf ans, lui, n'avait pas eu cette chance : mobilisé à la fin du conflit, il était tombé le jour de son baptême du feu. En retard comme à son habitude, l'homme entra dans l'église au bras de sa femme, Eva, qui n'avait plus toute sa raison et passait sa vie à confectionner des bouquets de fleurs séchées.

Tristes Rameaux 1919. Tous avaient attendu avec impatience la fin de la guerre, tous avaient souhaité cette première fête après l'armistice, mais personne n'avait imaginé qu'elle se déroulerait ainsi. Au lieu de cueillir les premières fleurs, les enfants cassaient les chandelles de glace qui pendaient des toitures.

Louise mit dehors les derniers buveurs et ferma son bistrot le temps de la messe, car la famille Marlhac s'y rendait au grand complet : Albin, vêtu de son beau costume noir taillé par Bredin, qui habillait toute la commune ; Louise, dans sa robe sombre, portant un chapeau orné d'une fleur ; Marie, parée d'un gris qui la vieillissait, les cheveux cachés par un foulard noir ; la petite Jeanne, en rose, seule touche de couleur ; et enfin Martin, arborant sur le revers de sa veste sa croix de guerre. Les regards s'attardèrent sur Marie. Son histoire vieille de onze ans n'intéressait plus les villageois depuis longtemps. Mais le bel Italien avait reparu, et l'aventure passée était remontée dans les esprits, pour reprendre une importance capitale au bourg. Les bigotes des premiers rangs tournaient vers la jeune femme leurs visages sévères. La ressemblance de Jeanne avec Angelo était plus frappante que jamais, et la Curette se demandait comment la traînée du bistrot pouvait oser défier Dieu dans sa demeure même, en tenant par la main sa gamine conçue dans une grange.

Le curé Bonnière, pourtant un peu sourd, percevait très nettement le brouhaha près du bénitier de pierre où les hommes continuaient de bavarder. Il commença l'office entouré de ses enfants de chœur, tenus sous la surveillance de sa sœur dont le menton orné de poils blancs pointait au premier rang. La voix aigre de la vieille femme donnait les répons et dominait dans les chants celles des jeunes filles.

Bonnière était réputé pour son intransigeance et sa pingrerie. Les gens le redoutaient car il était curieux. Au confessionnal, il posait des questions embarrassantes et n'hésitait pas à jeter hors de son église ceux qui affichaient des idées dites progressistes, communistes, ou tout simplement laïques. Le vieil homme n'avait pas pris en compte l'évolution des mentalités qui avait eu lieu depuis sa jeunesse, où il s'était battu contre les Prussiens sous Napoléon III. Pour lui, la chute de l'empire, la proclamation de la République étaient des catastrophes dont la France ne se relèverait pas. Le pays était rongé de l'intérieur par ceux qui parlaient d'école obligatoire et de lutte contre l'ignorance, de liberté de pensée, d'humanisme. Bonnière vouait aux francs-maçons une haine viscérale et n'ignorait pas que la très influente loge d'Aurillac déployait ses tentacules sur Pleaux et même sur Malvent. Les pires ennemis de la religion répandaient aux portes mêmes de son église des idées aussi séduisantes que le refus de croire en la supériorité du clergé sur les autres institutions humaines, le droit pour chacun de s'exprimer et de rejeter les dogmes, ou de ne faire confiance qu'à sa propre raison. Le forgeron Francesco Barconi était arrivé à Malvent guidé par ses frères d'Aurillac. L'étranger parlait un mauvais français, mais s'était vite adapté au patois local, qui ressemblait à l'italien. Bonnière avait pris soin de mettre en garde ses paroissiens mais beaucoup, les jeunes surtout, s'étaient laissé séduire par les propos de Barconi, qui les avaient incités à se rebeller contre leur misère et contre l'ordre établi. *Heureusement*, pensait Bonnière, *la guerre a mis un frein à la dégringolade des valeurs*. Mais le retour d'Angelo Barconi devait inciter à la plus grande vigilance. Et le combat s'ouvrait avec la plus coupable et la plus secrète de ses ouailles, Marie Marlhac, devenue Marie Brodet par nécessité. Même à confesse, elle ne lui dévoilait jamais le fond de son cœur. Elle avait à la fois la force des gens qui ne savent pas parler d'eux et la duplicité de sa mère. Elle soutenait que son erreur de jeunesse appartenait au passé ; Bonnière n'en croyait rien.

Les hommes purent bavarder à voix basse pendant la première partie de l'office. Mais le silence se fit lorsque le curé monta en chaire pour prononcer l'un des sermons les plus importants de l'année. Il se racla la gorge et se mit à parler fort, comme l'exigeait sa surdité. Il tendit les bras vers la foule. À cause de son poids excessif, il souffrait de se tenir debout dans l'espace restreint de la chaire. Il s'était donc fait aménager par Marcel Manoche un siège haut sur lequel il pouvait laisser reposer son large fessier afin de soulager ses jambes variqueuses. Il promena son regard sur l'assistance d'où émanait une forte odeur de rance et de crasse, puis commença :

— Quatre années durant, nous avons espéré les Pâques de la paix revenue, mais jamais nous n'aurions imaginé qu'elles seraient si misérables. À cause de nos soldats disparus, nous savions qu'elles seraient tristes, mais pas à ce point. Notre village a été particulièrement éprouvé, et cela doit nous donner à réfléchir. Est-ce un hasard si pas un des nôtres n'est revenu intact ? Est-ce un hasard si le manque de bras valides nous pénalise ? Si à la charge que représentent nos blessés s'ajoutent ce froid qui n'en finit pas et ce vent, ce vent du nord que nous redoutons parce qu'il dessèche et fige la terre en un hiver dont nous ne voyons plus la fin ?

Il se racla une nouvelle fois la gorge pour mieux asséner :

— Ne nous trompons pas d'adversaire : Dieu nous avertit ! En déréglant les saisons, il nous indique que nous devons lutter de toutes nos forces contre les mauvaises influences. Satan savait ce qu'il faisait lorsqu'il protégeait des balles les soldats porteurs de haine. L'un d'eux est arrivé chez nous. Vous l'avez vu, je pense, marcher fièrement sur la place, les mains dans les poches, en détournant les yeux de l'église. Vous l'avez vu exhiber sa bonne santé et son corps indemne comme autant de bravades et d'affronts face à nos pauvres blessés et aux mères dont il n'a pas hésité à raviver la souffrance ? Ne vous laissez pas abuser par ses belles paroles et sa bonne mine ! Vous l'avez entendu chanter cet hymne d'une secte qui a juré de détruire les prêtres, votre évêque et même le pape en personne ? Comme son père, il est un franc-maçon, l'un de ces hommes qui ont signé un pacte avec le diable !

Un remous agita les rangs du fond. Ce n'était pas la première fois que le curé parlait de la sorte. Il n'avait jamais caché la raison pour laquelle il avait refusé de laisser enterrer Francesco Barconi dans la terre consacrée du cimetière. Les gens ignoraient qui étaient vraiment ces fameux monstres dont leur parlait Bonnière, mais les hommes revenus de la guerre en avaient rapporté des témoignages et des points de vue nouveaux, qui rendaient relatifs les arguments du curé. Il n'avait plus la même crédibilité qu'auparavant.

— Ils se cachent, claironna-t-il encore. Ils sont vêtus comme vous, ils parlent comme vous, mais ils appartiennent à Satan ! Ne les écoutez pas ! Chassez-les !

Un tel prêche heurtait les esprits remontés contre la fatalité et le sentiment que le malheur s'acharnait. Marie serrait la main de sa fille et fermait les yeux. La haine du curé la révoltait. Angelo n'était en rien ce qu'il prétendait. Jamais elle ne l'avait entendu dire quoi que ce soit contre la religion ni contre personne. À la fin de l'office, elle courut rouvrir son bistrot et préparer sa cuisine. Martin, lui, prit le temps d'écouter les commentaires sur le sermon. Pour les plus naïfs, Dieu désignait l'homme qu'il fallait chasser pour que le printemps revienne. Pour Marcel Manoche, qui savait lire, pour Albert Graulhet, qui agitait son unique bras, pour Léonard Béroudeau, qui restait assis pendant tout l'office, Bonnière se montrait une fois de plus tel qu'il était : un homme d'un autre temps et un dangereux calomniateur. Le maire se garda bien de donner son opinion. Avant de quitter les lieux au volant de sa voiture, il se contenta de promettre à ceux qui se plaignaient du bruit qu'il écrirait à la préfecture.

Le garde champêtre profita de cet instant pour faire les annonces. Il n'avait pas oublié sa promesse à Angelo, et sa haute idée de sa fonction lui interdisait de céder à la mise en garde du curé. Anselme Chambon ne transigeait jamais sur rien : il accomplissait son devoir, avec une rigueur dont les plaisantins aimaient à se moquer. Et puis il était pratiquant par tradition, peu convaincu, et détestait ce curé qui lui avait à l'occasion reproché de chiquer et de jurer deux cents fois par jour.

Il monta sur le billot prévu à cet effet sur le côté de la place et fit un roulement de tambour. Les conversations s'arrêtèrent, les groupes s'approchèrent de l'agent public. Képi en arrière, il cria d'une voix pointue :

— Avis à la population ! La forge de la tour a rouvert ses portes après de nombreuses années de fermeture. Angelo Barconi reprend l'enclume de son père, Francesco Barconi. Il ferrera vos bœufs et vos chevaux, il réparera vos charrues, il forgera vos outils avec son fameux fer qui ne rouille pas et pour un prix très bas.

Le garde fit rouler une nouvelle fois son tambour, puis se dirigea vers le bistrot pour se faire offrir à boire. Là, il n'était question que des moutons de Gustave Milenas tombés dans la Dordogne, et qu'il fallait aller repêcher de toute urgence.

— Après les moutons, qu'est-ce que ça va être ? Je vous dis, le malheur est sur nous, et ce malheur, on sait d'où il vient, s'écria Gustave, à qui le vin blanc qu'il buvait pour se remonter le moral donnait de la voix et des convictions fatalistes. Le curé l'a bien expliqué.

— Qu'est-ce que tu vas raconter ? répondit Manoche en lissant sa barbe blanche. Tes moutons sont tombés dans la Dordogne parce que ton chien les a poussés vers les rochers et qu'ils ont été effrayés par quelque chose, c'est tout !

— Oui, mais ce quelque chose qui leur a fait peur, hein, c'est qui qui l'avait placé là, juste où il faut pour faire de moi un pauvre malheureux qui sera bientôt obligé d'aller mendier son pain ?

— Mais non, tu n'iras pas mendier ton pain, intervint Albin, j'ai besoin de quelqu'un à la carrière, et tu connais le travail puisque tu l'as fait quand tu étais jeune ! Tu vas venir travailler avec moi. D'accord ?

— Faut voir, répondit Gustave, qui ne voulait pas aller trop vite et souhaitait surtout discuter le prix de ses journées.

Le 6 avril, le vent du nord changea légèrement de direction ; le bruit de la tour devint un sourd grognement. Incessant, il alourdissait les pensées, plombait la tête et donnait aux gens un pas aussi incertain que s'ils avaient bu. Il faisait toujours aussi froid. Les paysans les plus pressés avaient tenté de labourer les terres les mieux exposées, mais le soc sonnait sur le sol gelé. Gustave avait dépecé ses moutons et vendu les peaux et la laine. Il n'avait rien pu tirer de la viande, que le boucher avait refusée parce qu'elle n'était pas belle. Il avait fallu la barre à mine et les pioches pour creuser une fosse et y enfouir les corps durcis.

Comme Albin le lui avait demandé, et comme ils étaient d'accord sur la rémunération, dès le lendemain des Rameaux Gustave se rendit à la carrière. Certes, il n'avait pas le choix, mais sa situation d'ouvrier sous la coupe d'un patron ne lui convenait pas. Albin était à peine plus vieux que lui, et ses ordres irritaient l'homme habitué à se diriger lui-même dans ses champs, où la terre était maigre et froide mais avait l'avantage de lui garantir sa liberté. Il ne pouvait pas s'en prendre au carrier, qui lui rendait service, aussi déchargeait-il sa bile sur celui que le curé avait conseillé de haïr.

— C'est lui, l'Italien, qui a fait peur à mes moutons. C'est moi qui t'ai dit qu'il était avec ta fille dans le foin... Il a fait ça pour nous avertir. Le prochain, ce sera toi !

— Raconte pas de bêtises ! Qu'est-ce que tu veux qu'il fasse ? Onze ans ont passé. Tu comprends ?

Albin avait beau se montrer rassurant, il doutait que le passé soit vraiment oublié. Tout dans l'attitude de Marie depuis le retour d'Angelo lui indiquait le contraire : le pire était à venir. Gustave secoua la tête et passa l'index sur sa belle moustache blanche.

— Le vent du nord a soufflé d'autres fois, et la tour se taisait ! C'est lui qui a mis la tôle en haut pour nous rendre fous !

— Pourquoi tu veux qu'il ait fait ça ? demanda Albin, qui pensait pourtant la même chose que Gustave. C'est une pierre qui en bougeant a déplacé la tôle, et puis voilà.

— Tu as déjà vu des pierres bouger toutes seules ? Dis ce que tu veux, mais moi je me comprends. Le prochain qui va payer, c'est toi, parce que tu lui as cassé le dos avec ton fléau et que tu l'aurais tué s'il ne s'était pas enfui en passant dans un trou de la porte, comme un rat !

— Il peut venir, je le crains pas !

Marie avait changé. Son visage s'était fermé, ses joues étaient devenues pâles. Elle se levait de plus en plus tôt et passait de longues heures à contempler le feu éteint de sa cuisinière, le regard perdu. Pendant ce court temps de solitude, elle redevenait la jeune fille heureuse qui courait dans les sentiers avec Angelo, l'accompagnait à la pêche et n'envisageait pas sa vie sans lui. Le curé pouvait toujours seriner que les

Barconi n'étaient pas des gens fréquentables, que le forgeron détestait l'Église, cela ne changeait rien : Angelo était beau, agile sur les rochers au-dessus de la Dordogne, sa peau sentait la mousse sèche et le tilleul, et dans ses yeux brillait une lumière de ciel d'été. Les jours de bal, les garçons du pays cherchaient querelle à cet étranger qui leur prenait une fille convoitée, les affrontements tournaient toujours à l'avantage de l'Italien. Elle ne savait pas, cette jeunesse, que la mort la tenait déjà, l'attirait vers les tueries de Verdun et de la Marne, que la souffrance serait son seul horizon. Pour échapper aux groupes de garçons batailleurs, Angelo et Marie fuyaient dans la nuit. Ils se cachaient derrière le mur de l'église pour s'étreindre et s'embrasser à pleine bouche.

Vers midi, alors que Marie s'affairait dans sa cuisine, la petite Jeanne arriva en courant, toute fière, ce qui étonna sa mère. La fillette brandit entre ses petits doigts une pièce dorée.

— C'est le monsieur avec son vieux chien qui me l'a donnée, s'exclama-t-elle. Et puis il m'a parlé.

— Ah bon, et qu'est ce qu'il t'a dit ?

— Il m'a dit que j'étais très belle. Alors je lui ai répondu que les gens m'appellent la Négrotte parce que je n'ai pas la peau blanche, et il m'a dit que ça m'allait très bien.

Marie eut un léger sourire, vite réprimé. La fillette tendit la pièce à sa mère, qui n'osa pas y toucher. La salle du restaurant se remplissait. Louise servait les apéritifs, et comme Martin bavardait sur la place avec la vieille Marcilloux, elle lui cria :

— Qu'est-ce que vous faites, encore ? Les gens attendent leurs cigarettes !

Marie embrassa sa fille sur le front.

— Il ne fallait pas accepter cette pièce. Va la porter dans le tronc de l'église et n'en parle à personne.

Jeanne fit la moue et partit en courant. Martin l'arrêta.

— Où vas-tu si vite ?

— Dire merci au petit Jésus parce que je n'ai fait aucune faute à ma dictée.

— Alors va !

La fillette entra dans l'église et en ressortit presque aussitôt pour croiser Pierre Margeride, qui venait de relever ses filets dans la Dordogne. Le mitron était un habile braconnier et vendait son poisson. Personne ne lui en faisait le reproche : sa mère élevait seule ses enfants dans la plus grande misère, cela justifiait la clémence du garde champêtre. Et puis Pierre était un gentil garçon, serviable envers tous, et chacun lui en était reconnaissant. Il traversa la place, sa musette à l'épaule, et entra dans le bistrot. Béroudeau se dit que Marie avait dû lui commander des truites pour le restaurant et poursuivit sa promenade en pesant sur ses deux béquilles. Il pensait qu'à force de marcher il finirait par mater la douleur, c'est pourquoi il s'imposait ainsi de faire le tour de la place.

Pierre s'accouda au comptoir. Il commanda à Louise un paquet de tabac et attendit que Marie passe la tête par la porte de la cuisine pour lui faire un signe. La jeune femme comprit qu'il voulait lui parler seul à seule.

— Il faut que j'aille couper du jambon dans la réserve, dit-elle à l'intention du jeune garçon tandis que Martin faisait son entrée.

Pierre comprit et la rejoignit en passant par l'extérieur.

— C'est pour vous, dit-il en sortant de sa poche une lettre froissée.

Marie prit un air étonné. Le facteur passait tous les matins vers huit heures et apportait le courrier, le plus souvent les factures des fournisseurs de liqueurs et spiritueux. Il n'y avait pas de timbre sur l'enveloppe, et rien n'était écrit dessus.

— C'est Angelo qui m'a demandé de vous la remettre.

— Angelo ? tenta de s'étonner Marie, qui avait le plus grand mal à cacher le tumulte qui l'agitait.

— Oui, mon père nous a beaucoup parlé de lui dans ses lettres. Ils étaient ensemble à Verdun. Ici, ils se contentaient de se saluer quand ils se croisaient. Là-haut, ils étaient devenus comme les doigts de la main. Ce matin, je suis allé le voir.

Sans rien ajouter, le jeune garçon posa le courrier sur une caisse et s'en alla prestement. Restée seule, Marie jeta un regard anxieux vers la place. La lettre lui brûlait les doigts.

Elle hésita un long moment avant de déplier la feuille, puis lut rapidement :

Je sais que mon retour te tourmente. J'ai enduré quatre années terribles, tout s'est écroulé autour de moi, et j'ai eu besoin de retrouver quelque chose de solide. Je ne pouvais pas faire autrement pour ma mère, mon père enterrés ici, pour ma fille, dont j'essayerai de m'occuper dans l'ombre. Je n'ai pas été blessé, mais mon esprit est plein de trous. Je t'attendrai à la grange, à notre grange, vers trois heures. Tu demanderas à Martin de te remplacer pendant que tu vas ramasser une salade de pissenlits.

Marie relut lentement la lettre ; sa mère l'appela, elle enfouit la feuille dans sa poche et retourna à la cuisine avec un jambon fumé. Assise à sa place, Jeanne attendait que sa grand-mère lui serve sa soupe. Martin s'installa devant son assiette. Revenu de la carrière, Albin se lava les mains à l'évier et s'assit. Sa présence alourdissait l'atmosphère. La fillette avait peur de faire du bruit en aspirant son potage. Il semblait fâché contre tous. Il se tourna soudain vers Louise, la seule personne dont l'avis comptait pour lui.

— Gustave est un bon ouvrier. C'est une chance pour moi qu'il m'aide à la carrière. Mais il a mauvais caractère et s'emporte pour un rien. Je ne sais pas si on va pouvoir s'entendre.

— Eh bien ne le paye pas plus que ce que vaut son travail. Ce n'est pas ta faute si ses moutons se sont noyés dans la Dordogne.

— Pourtant, ça l'arrangeait bien ! Il dit que c'est l'Angelo qui lui a apporté la guigne, ajouta Albin en regardant malgré lui sa fille. Et j'ai peur qu'il fasse une bêtise.

Après les moutons noyés, que se passerait-il ? Telles étaient les véritables préoccupations d'Albin. Il jouait les fortes têtes, mais regrettait d'avoir éconduit le vieux Francesco lorsqu'il était venu frapper à sa porte.

— Moi, je n'ai pas peur. Après ce que j'ai vu à la guerre, je n'ai plus peur de rien ! intervint Martin pour se faire valoir.

Albin lui jeta un regard courroucé. Depuis le retour d'Angelo, le vieil homme ne supportait plus les fanfaronnades de son gendre. Un tel manque de jugeote de la part d'un être à ses yeux inutile révoltait le carrier.

Marie allait et venait de la cuisine à la salle commune, où les ouvriers la réclamaient constamment. Louise mangeait sur un coin de la table et la remplacerait un instant plus tard. Elle en profitait pour s'occuper de Jeanne, la reprenant dès qu'elle posait ses coudes sur la table et surveillant qu'elle n'ingurgite pas de trop grosses bouchées.

— C'est en mangeant qu'on montre ce qu'on est, alors tu dois faire attention ! lui répétait souvent sa grand-mère sur un ton sévère.

À la fin du repas, Jeanne prit son manteau et rejoignit le jeune Jacques Lemerre et les filles Béroudeau qui l'attendaient à la porte du bistrot. Albin roula sa cigarette, l'alluma aux braises du foyer et sortit sans un mot. Martin attendit que son beau-père se soit éloigné pour allumer à son tour une cigarette, puis passa près de l'évier, où s'empilaient les assiettes et les plats à laver.

Une fois les ouvriers de l'électricité partis, Marie entreprit de nettoyer sa cuisine. Elle cachait de plus en plus mal sa nervosité et s'en prit à Martin, qui se trouvait toujours où il ne fallait pas. Louise balayait la grande salle et poussait les chaises dans de grands raclements de plancher. Son travail terminé, Marie passa dans sa chambre et se regarda dans la glace. Les premières rides vieillissaient son visage. Sous ses yeux les cernes témoignaient de sa fatigue. Debout chaque jour dès cinq heures du matin, elle ne s'économisait pas. Le travail était pour elle une manière de s'oublier, de se faire mal, de s'enlaidir pour être sûre de ne plus plaire. Elle chercha du parfum dans une boîte et en déposa une goutte au bas de son cou, passa un peigne dans ses cheveux noirs, arrangea ses boucles et sortit avec le panier et le couteau préparés à l'avance.

— Je vais chercher une salade de pissenlit, dit-elle à son mari.

La vaisselle terminée, il avait repris sa place derrière le comptoir. Il lui lança un regard chargé de soupçons, mais elle ne lui laissa pas le temps de parler. Elle s'éloigna rapidement, son panier de fer au bras, marchant d'un pas alerte qui ne lui était pas habituel vers les prairies situées au-delà de l'église. Lorsqu'elle eut disparu derrière les maisons,

Martin porta à ses lèvres le goulot de sa bouteille de gnôle.

Marie emprunta la petite rue qui descendait vers la Dordogne. À cet endroit abrité, la neige avait fondu, et les premières feuilles dentelées des pissenlits pointaient au-dessus des herbes sèches. La jeune femme en cueillit plusieurs, coupant la racine à l'aide de son couteau à longue lame tout en surveillant les alentours. La grosse Gisèle Mialet balayait les feuilles mortes et les branches tombées dans sa prairie pendant l'hiver. Marie fit un détour afin de ne pas alerter son chien et regagna le chemin creux qui montait vers la grange de Marcilloux couverte de lauzes.

Devant la porte, elle hésita, regarda une nouvelle fois autour d'elle, puis se glissa à l'intérieur. Une petite ouverture éclairait une meule de foin et une vieille charrette. Une forte odeur de poussière et de rats lui noua la gorge. Tremblant, le cœur battant, elle attendit. Angelo sortit alors de sa cachette, et elle eut envie de s'enfuir.

— Merci d'être venue, lui dit-il en souriant.

Il n'avait presque pas changé. Ses épaules étaient plus fortes, mais sa silhouette était toujours aussi droite. La peau brune de son visage plus large laissait voir ses dents d'un blanc éclatant et ses yeux pleins de lumière.

— Qu'est-ce que tu veux? lui demanda Marie d'une voix à peine audible.

— Te voir. Seule. Quand le regard des autres ne t'abîme pas.

— Il faut que tu partes. Les gens pensent que tu apportes le malheur. Depuis que tu es là, le vent du froid souffle sur le pays et la tour fait un bruit de mort.

— Comment peux-tu me parler ainsi? s'étonna-t-il en tendant les bras vers elle, mais elle recula.

— Il n'y a plus de place pour toi ici. Je suis la femme de Martin Brodet, qui a donné ses deux jambes à la France. Jeanne porte son nom, c'est donc sa fille. Ici, tout le monde t'a oublié. Je suis venue pour te dire ça.

Elle avait parlé très vite et regrettait déjà ses paroles. Elle sortit vivement et courut jusqu'au village, entra dans le bistrot et passa devant Martin, occupé à laver des verres derrière le comptoir.

— Et les pissenlits ? demanda-t-il. Maigre récolte !

— Il n'y en a pas beaucoup. La terre est trop froide. Même près de la Dordogne.

Elle se réfugia dans la cuisine, se moucha, se sécha les yeux. De retour de l'école, Jeanne faisait sa lecture sous la surveillance attentive de sa grand-mère.

— Pourquoi tu pleures, maman ?

— Je me suis coincé le doigt dans la porte du placard et ça fait très mal !

— Pauvre maman, compatit la fillette.

Elle courut embrasser sa mère.

Le soir, Martin eut l'heureuse surprise qu'il n'attendait plus. Marie se déshabilla dans le noir comme elle le faisait tous les soirs, mais au lieu de se coucher dans le lit voisin, elle se glissa contre lui et lui murmura :

— Viens !

Débordant de bonheur, il étreignit sa femme avec effusion. Ses jambes étaient mortes, mais ses bras demeuraient robustes. Il ne sentit pas le frisson de répulsion qui parcourait le corps de son épouse et préparait le prochain orage.

Le 12 avril, Malvent s'éveilla sous une couche de dix centimètres de neige couvrant uniformément la campagne ; le vent froid qui soufflait toujours du nord la rassemblait en hautes congères. Tout était blanc. Seule la Dordogne coupait le pays de son sillon noir. Il fallut casser la glace des abreuvoirs. Les chandelles pendues aux toitures évoquaient les pires journées de janvier. Les oiseaux se taisaient. Les gens sortaient de chez eux pour errer au hasard des chemins tels de lourds insectes perdus chez eux dans un hiver qui n'en finissait plus.

Les granges étant vides, les moutons grattaient la neige pour trouver des touffes d'herbes sèches et les vaches mangeaient la paille moisie que d'ordinaire on réservait à leur litière. Le meunier de Bonnefond fabriquait une farine grise avec les fonds de grenier qu'on lui apportait. Les châtaignes séchées étaient rances, même les porcs rechignaient à les manger. Ce n'était pas encore la famine, mais si le mauvais temps persistait on pouvait la craindre, car les réserves de pommes de terre, de raves et de carottes diminuaient de jour en jour puisqu'on devait les partager avec les bêtes.

Les villageois rêvaient de terre labourée, d'oiseaux affairés à construire leurs nids, de couvées de poussins jaunes picorant autour de leur mère, du chant du coucou et des hirondelles. Le froid avait eu raison des premiers agnelets, pourtant les plus forts et d'un bon rapport.

Albin se rendait chaque jour à sa carrière. Comme les chemins étaient glissants, il laissait son vélo à la maison. Gustave le rejoignait au lever du jour et ils travaillaient dans l'air gelé en soufflant sur leurs doigts endoloris. Ils se parlaient peu. En quelques jours l'homme s'était adapté aux exigences de son patron et se débrouillait seul. Ce robuste gaillard s'essoufflait vite à cause de ses poumons brûlés par les gaz, mais il connaissait le métier et travaillait bien. Grâce à lui, Albin avait doublé sa production et souhaitait donc le garder, mais Gustave se montrait de plus en plus exigeant. Ce matin-là, parce qu'une dent l'avait empêché de dormir et ne cessait de l'agacer, il livra le fond de sa pensée :

— Après toi, il n'y a personne pour prendre la relève et tu n'es plus tout jeune. Alors, ce serait bien qu'on s'entende là dessus !

— Qu'est-ce que tu veux dire ? s'étonna Albin en lui jetant un regard sombre.

— Qu'on devrait se mettre d'accord pour que je continue après toi. Mais pas comme ouvrier.

— Tu voudrais que je te donne ma carrière, c'est ça ? Tu es tombé sur la tête !

La conversation s'arrêta là, mais Gustave ressentit à la dent une violente douleur qui lui fit faire une horrible grimace.

Le lendemain, le 13 avril, Albin décida de détacher un gros bloc de la paroi orientée vers le nord, où le granit était le plus fin et le plus coloré. Il travaillait pour le maçon de

Pleaux et n'avait pas de temps à perdre, mais son manque de sommeil et les courbatures de son dos le gênaient. Si ses tracas le laissaient tranquille la journée, ils l'assaillaient la nuit venue et il passait de longues heures les yeux ouverts, à ruminer les mêmes questions sans réponse. Depuis le retour d'Angelo Barconi, les yeux rouges de Marie, ses gestes brusques, sa manière d'attirer à elle sa fillette, tout dénotait qu'elle était préoccupée et prenait un sens qui n'échappait pas au carrier. Or la fatigue qui s'ensuivait lui faisait perdre en précision et commettre pas mal d'imprudences.

Ainsi Albin enfonça-t-il sans réfléchir sa barre à mine dans la roche afin d'en détacher un morceau presque géométrique. Au premier coup de masse, le bloc se détacha et le surprit avant qu'il ait eu le temps de se mettre à l'écart. Gustave se précipita, mais trop tard : Albin avait la jambe droite coincée sous la pierre. Grimaçant de douleur, il secouait la tête dans la neige et accusait son ouvrier de n'être jamais là où il avait besoin de lui. Celui-ci s'arc-bouta sur le levier de fer, mais ne parvint pas à libérer son patron.

— Faut que j'aille chercher quelqu'un ! Je peux pas !

— J'ai jamais vu plus maladroit que toi !

Gustave partit en courant sur ses jambes courtes. Essoufflé, il s'arrêta en tirant la langue, les poumons en feu, au bout de deux cents mètres. Une demi-heure plus tard, il revint à la carrière avec ceux qu'il avait pu trouver : le garde champêtre, la grosse Gisèle Mialet et sa terrible odeur de purin. Ils pesèrent tous les trois sur le levier et réussirent à faire pivoter la pierre. Puis Gisèle tira vivement le blessé, qui hurla. Son pantalon était trempé de sang.

— Faut l'emmener chez lui et aller chercher le Dr Savinet.

Le pauvre Albin braillait toujours. Ils l'installèrent sur une brouette, Gisèle lui cala la jambe entre des morceaux de bois, tout en lui assurant de sa voix d'homme que tout se passerait bien. Gustave prit les brancards et poussa la brouette sur le sentier défoncé.

— Nom de Dieu ! Mais tu le fais exprès ? s'exclama le blessé, à bout de nerfs et de douleur.

— Ça devait finir par arriver, commenta Anselme Chambon lorsque le convoi atteignit enfin la place. Avec ce bruit à devenir fou et ce froid de gueux quand on devrait avoir des fleurs et des papillons, on perd la tête !

— Je t'avais averti, murmura Gustave à l'oreille de son patron. Je savais que c'était ton tour.

— Mais qu'est-ce que tu racontes encore ? s'emporta Albin.

La nouvelle de l'accident s'était répandue comme une traînée de poudre, et les volontaires ne manquaient pas pour donner un coup de main. Gustave poussa la brouette jusqu'à la porte du bistrot tandis que Louise criait pour qu'on fasse de la place. Lorsqu'elle vit le pantalon imprégné de sang, elle joignit les mains et se tourna vers l'église en un geste suppliant : la carrière demeurerait inexploitée le temps que son mari se remette, ce qui représentait un important manque à gagner. Elle s'en prit donc à Martin, qui gênait le passage. La pension de son gendre ne couvrait pas ses dépenses, car la gnôle coûtait de plus en plus cher. Et l'administration avait estimé qu'il pouvait travailler avec ses mains ! Un inspecteur avait même constaté qu'il servait à boire et faisait la vaisselle !

Averti par sa sœur, Bonnière arriva presque aussitôt. Il se fraya un passage entre les curieux, et alla directement dans la chambre, auprès du blessé, pour le plaindre sans quitter Marie des yeux. La pâleur du visage de la jeune femme, son regard baissé ne lui disaient rien de bon. Albin, lui, ne cachait jamais ses pensées, ce qui lui avait valu pas mal d'ennemis. Le curé ne l'aimait pas, car un jour Marlhac lui avait reproché de ne s'intéresser qu'à l'argent de la quête et du denier du culte.

— Mon pauvre Albin, c'est franchement pas de chance ! tenta Bonnière.

— Non, monsieur le curé, c'est ma faute. Mais il y a quand même quelque chose que je ne comprends pas...

— Le médecin va arriver. Prie Dieu, et ta douleur sera moins forte.

Marlhac ne répondit pas. Louise non plus. Ils n'avaient pas l'habitude de demander à Dieu de les protéger. Pour lui comme pour sa femme, cette parole était superflue. Le curé repassa dans la salle commune, où l'on profitait de l'événement pour boire un peu du vin chaud que servait Martin, le pichet levé au-dessus de la tête ; Bonnière ne refusa pas le verre qu'on lui tendit. Tout en buvant, il regarda dehors.

— Si le temps ne change pas, ce sera un grand malheur, dit-il. Si on tarde à semer, le blé et l'orge n'auront pas le temps de mûrir avant septembre…

Tout le monde approuva. À la montagne, la bonne saison était brève ; il ne fallait pas en manquer les bienfaits. Chacun gardait en mémoire les étés humides où les blés avaient pourri sur pied dans les champs. Grâce aux pommes de terre et aux châtaignes, on pouvait manger à sa faim sans trop dépenser chez l'épicier, mais depuis quelques années, à cause de l'humidité, les pommes de terre moisissaient et les châtaignes devenaient rances.

Gustave trinqua avec le curé et en profita pour lui dire ce qui le tracassait :

— Après mes moutons dans la Dordogne, c'était au tour d'Albin de payer. Et ça ne fait que commencer !

— Voyons, qu'est-ce que tu dis ? demanda Bonnière en approchant son verre de ses lèvres épaisses et gourmandes.

— Tu ferais mieux de retourner au boulot, au lieu de raconter des conneries, intervint Albin qui, du fin fond de sa chambre, n'en perdait pas une miette. Le maçon va finir par attendre sa commande !

Dans la descente de la route de Pleaux, légèrement à l'écart du village, les enfants sortaient de la mairie-école. Lorsque le maître leur ordonna de se disperser, des cris de joie retentirent et Louis Bessac, le coiffeur, se mit à rouspéter car il ne supportait plus le moindre bruit depuis son retour de la guerre : les coups de canon lui avaient détraqué les oreilles.

Les élèves prirent par groupes des chemins différents, les uns partant vers les hameaux du bas de la commune, les autres remontant la rue principale vers le centre du bourg. Jeanne Brodet remontait avec son inséparable ami Jacques Lemerre, et il leur fallut un bon quart d'heure pour arriver devant la poste. La fillette partait seule vers le bistrot, situé deux cents mètres plus loin, lorsque l'homme qui lui avait donné la pièce se montra. Elle l'attendait vaguement, espérant un nouveau cadeau.

— Bonsoir, Jeanne, tu vas bien? lui demanda Angelo.

— Oui, monsieur, très bien.

— Alors, tu as acheté des bonbons avec ma pièce?

— Non, ma mère m'a dit qu'il ne fallait pas accepter des pièces de vous, alors je l'ai apportée au tronc de l'église...

— Regarde, l'interrompit Angelo en sortant de sa poche un paquet de caramels. C'est pour toi. Tu n'en parleras à personne? C'est promis?

— Promis, monsieur. Mais pourquoi vous me donnez des caramels et des pièces à moi et pas aux autres?

— Parce que je te trouve très belle, et parce que tu as comme moi la peau sombre et les cheveux très noirs.

Jeanne constata qu'elle avait en effet le même teint que l'étranger.

— Tu sais, si tu veux je pourrai m'occuper de toi, continua Angelo. Je t'aiderai à faire tes devoirs, et tu deviendras la meilleure élève de l'école. Tu n'en parleras à personne, mais tu viendras me voir à la forge.

Il disparut derrière le mur de la vieille maison de Massenet. La fillette examina son trésor et décida de manger un caramel avant de rentrer. Lorsqu'elle eut savouré son bonbon, elle courut chez elle et, cette fois, ne dit rien à sa mère. D'ailleurs, personne ne la remarqua : son grand-père était blessé, et on attendait le Dr Savinet qui tardait toujours quand on avait besoin de lui.

— Avec Savinet, disait-on à Malvent, tu as le temps de trépasser dix fois et plus !

Angelo retroussa les manches de sa chemise et épongea son front ruisselant de sueur. Il actionna la longue perche du soufflet qui permettait d'aviver les braises, sortit du four le fer rougi et le martela sur l'enclume. Retrouvant les gestes de sa jeunesse, il eut une pensée pour son père et pour les conseils que celui-ci lui prodiguait lorsqu'il était encore près de lui. Mais son esprit était surtout occupé par Marie, qui l'avait éconduit ; le jeune homme n'avait donc plus sa place ici, mais comment pourrait-il se passer de la seule femme qu'il ait aimée et de sa fille ?

Si le garde champêtre avait annoncé le retour du forgeron, personne ne lui avait amené ses bœufs ou son cheval à ferrer. Tant pis. Il n'avait pas besoin de ça pour vivre, car les amis de son père, eux, ne l'avaient pas oublié, et les commandes de Pleaux et de Mauriac suffisaient pour l'instant. On frappa à la porte. Un jeune homme entra, emmitouflé dans un épais manteau. Angelo sourit à Pierre Margeride, heureux de cette visite inattendue. Le garçon le salua et ôta son pardessus.

— Qu'est-ce qu'il fait chaud, ici ! C'est encore pire que devant la gueule du four.

Pierre ressemblait à Armand ; cette ressemblance permettait au jeune Italien de renouer avec une amitié qui lui manquait, surtout en ces lieux.

— Albin a eu un accident, annonça le garçon. Un rocher lui est tombé sur la jambe.

Angelo frappa la pointe rouge de la perche de fer qu'il tenait au bout de sa longue pince puis la trempa dans l'eau. Une épaisse vapeur monta du récipient, où l'eau frémissait.

— Il dit que le bruit de la tour lui a embrumé les pensées et que ça l'a rendu imprudent. Mais il dit aussi que la pierre n'aurait jamais dû se détacher au premier coup de masse.

— Possible, acquiesça Angelo. En tout cas il y a sûrement une raison.

— Vous savez, depuis que ses moutons se sont noyés dans la Dordogne, Gustave pense que c'est vous qui vous vengez sur ceux qui vous ont fait du mal. Il dit même qu'il avait averti Albin, et a prévenu le curé que son tour allait venir !

Angelo éclata de rire. Pierre remarqua ses dents régulières, si différentes des chicots des gens d'ici. Son visage était encore jeune, malgré quelques rides sur le front et au coin des yeux.

— Pour penser ça, ils doivent se sentir coupables, et c'est bien fait pour eux ! Tu crois que tous autant qu'ils sont ils n'auraient pas pu monter voir mon père ? Tu sais, il est mort de froid autant que de maladie...

— Il paraît que le curé le leur avait interdit !

— De toute façon, le premier responsable, c'est moi... Quand Albin m'a chassé à coups de fléau, mon père m'a demandé d'aller m'excuser. J'ai refusé, et c'est pour ça que je suis parti. Tu crois que c'était une bonne idée d'abandonner ce pauvre vieux qui attendait mon retour ?

— Je ne sais pas. Ils disent aussi que vous souhaitez la mort des curés et de la religion.

Que vous avez vendu votre âme au diable pour que la guerre vous épargne ses blessures. Et comme vous n'avez pas été blessé…

Angelo rit de nouveau. Inutile de chercher à démentir tant d'inepties. Bonnière éprouvait une haine viscérale pour les hommes libres, il ne supportait pas qu'on puisse remettre en question l'emprise de la religion.

— Le curé raconte ça pour que les gens me détestent.

À l'aide de ses pinces, l'Italien sortit à nouveau des braises un morceau de fer incandescent, le posa sur l'enclume et le martela. De délicates étincelles se détachaient du métal, puis s'éteignaient. En observant le va-et-vient du marteau, Pierre pensa que forgeron était un bon métier, comme celui de boulanger.

— Mais, si on dit que c'est une tôle qui remue à la cime de la tour, pourquoi qu'on n'y monte pas ? demanda-t-il soudain à Angelo, qui avait baissé les manches de sa chemise et s'était tourné vers la fenêtre, dont les vitres blanches de poussière disparaissaient derrière les toiles d'araignées.

— C'est dangereux, tu le sais bien. La dernière fois que j'ai voulu aller là-haut, c'était avant de partir. J'avais presque vingt ans. Il y a un escalier avec des marches en pierre qui pèsent plus d'une tonne. Quand j'ai posé le pied sur la première, des blocs se sont détachés du mur… J'ai eu beaucoup de chance.

— Moi, j'ai envie d'essayer d'y grimper. Parce que, à force, ce bruit finira par nous faire faire des bêtises.

— Impossible. Tu es beaucoup trop jeune pour mourir ! Il suffit de te dire que ce n'est qu'une tôle, et que le vent du nord ne durera pas toujours. Tiens, d'ailleurs, il se calme.

Et, en effet, le souffle qui sur la colline courbait les hêtres avait molli. Le bruit descendit dans les graves, pour ne devenir plus qu'un ronronnement sourd. Alors, face à la fenêtre, Angelo entonna les paroles de cette chanson qu'il aimait tant :

Quand nous chanterons le temps des cerises
Et gais rossignols et merles moqueurs
Seront tous en fête…

Pierre baissa la tête afin de masquer l'émotion que la chanson faisait naître en lui. Il était excessivement sensible à la musique et, malgré lui, la chaude voix de l'Italien lui mit les larmes aux yeux. Pinard ouvrit un œil puis se rendormit dans un coin de la pièce.

— Cette chanson me ramène onze ans en arrière, au temps où j'étais heureux. C'est pour cette raison que je la chante si souvent, expliqua Angelo.

— Il faut que j'y aille. Si je tarde trop, le père Leroy me recevra à coups de pied au cul.

Lorsque le jeune mitron fut parti, le forgeron emboîta comme les éléments d'une canne à pêche les trois tiges de fer qu'il venait de façonner. Dehors, le vent froid gifla son visage brûlant. Il prit le sentier menant à la tour ; sa perche métallique traînait dans la neige. L'entrée du monument avait été bouchée avec des pierres afin que les imprudents ne s'y aventurent pas. En s'aidant de sa barre métallique, il réussit à déplacer les plus lourdes et à libérer le passage. Il pénétra alors dans une vaste salle ronde. Rien n'avait changé depuis le temps où, malgré le danger, il grimpait l'escalier en coin. Chacune de ses marches bancales pouvait s'effondrer au moindre choc. Une forte odeur de fermentation s'élevait du sol de terre où divers animaux avaient confectionné des nids de brindilles et de feuilles mortes. Au fond, une ouverture dans le mur donnait sur une autre salle voûtée, encombrée de gravats, de pierraille et de genêts qui avaient poussé là grâce à la lumière d'une meurtrière et à l'eau qui suintait du mur.

Ayant allumé une lampe à pétrole, il inspecta les lourdes marches de l'escalier. À l'aide de sa perche, il pesa sur les pierres, qui résistèrent, mais la prudence la plus élémentaire lui imposait de les caler grâce à des étais de fer et de bois, comme dans les mines de charbon. Cela lui prendrait du temps, mais il n'avait pas le choix. Libérer le pays de ce bruit allant du bourdonnement au sifflement en passant par le hurlement de sirène serait pour lui une manière de montrer qu'il n'était pas revenu pour régler ses comptes mais pour vivre paisiblement avec ses souvenirs et aider Jeanne, qui ne saurait jamais qu'il était son père.

Dans le bosquet de sapins, il choisit les arbres qu'il utiliserait et en coupa plusieurs, ce qui lui prit une bonne partie de l'après-midi. Puis il rapporta les troncs à la tour et les installa sous les pierres de l'escalier en frappant dessus avec un gros marteau afin qu'ils ne bougent plus. Il s'activait lorsqu'il eut le sentiment d'une présence. Il se tourna ; une fillette d'une dizaine d'années le regardait travailler et lui sourit.

— Mais qu'est-ce que tu fais là ? Tout le monde va te chercher ! Retourne vite chez toi.

La fillette éclata d'un rire gai qui se perdit dans un sifflement aérien, puis entra dans la vaste pièce au plafond voûté.

— Tu m'as dit que tu m'aiderais à faire mes devoirs, dit-elle en montrant à Angelo un cahier et adoptant ce tutoiement si naturel chez les enfants.

— D'accord, mais n'entre pas là, cria-t-il, c'est dangereux.

— Je ne risque rien, ricana la fillette. Avec toi, je n'ai pas peur.

— Viens.

Il l'emmena dans la forge. Le feu brûlait toujours, elle tendit ses petites mains vers les braises et se pendit à la perche du soufflet.

— Fais voir ton cahier. Qu'est-ce que tu ne comprends pas ?

— Le calcul. J'y arrive jamais. Alors j'ai pensé que tu pourrais m'expliquer.

— Tu écris drôlement bien !

Jeanne s'assit à côté du soufflet. Angelo prit place auprès d'elle et lut l'énoncé, puis lui expliqua le problème et eut la satisfaction de découvrir que sa fille n'était pas sotte. Elle l'écoutait en faisant des mimiques avec sa bouche. Il posa pour elle plusieurs opérations avec retenues, qu'elle résolut parfaitement tandis qu'avec sa grand-mère elle se trompait tout le temps.

— M. Endrieux va être étonné, dit-elle. Je vais avoir la meilleure note de la classe !

— Je te le souhaite.

Les devoirs terminés, éprouvant un grand besoin de se confier, Jeanne parla d'elle, de ses copines, et des garçons qui lui tiraient les cheveux.

— Le bruit de la tour ne te gêne pas ? lui demanda le forgeron.

— Non, je m'en fiche. Par contre, il gêne beaucoup ma mère. Elle est bien triste en ce moment. Elle se cache pour pleurer. Hier, elle m'a dit qu'elle s'était coincé le doigt dans la porte du placard, mais c'était pas vrai.

— Pourquoi elle pleure, à ton avis ?

Jeanne ne répondit pas. Elle se pencha vers Pinard, qui leva vers elle sa lourde tête et lui lécha les mains.

— Comme tu es gentil, toi ! J'aimerais bien avoir un chien.

— C'est Pinard, dit Angelo en souriant à Jeanne, qui le regardait de ses beaux yeux noirs, si semblables aux siens.

— Drôle de nom ! s'exclama-t-elle. Allez, il faut que j'y aille, sinon ma grand-mère va me gronder. Ne dis à personne que je suis venue te voir, tu entends, Pinard, tu ne diras rien ? Je reviendrai.

Elle s'échappa, semblable à un petit animal courant dans le sentier sans déranger les buissons qui le bordaient. Angelo resta longtemps assis près du feu qui s'éteignait, ravi de cette visite. Rien ne s'opposait à ce qu'il la voie ainsi, furtivement, à ce qu'il l'aide de son mieux et participe dans l'ombre à son éducation. Il n'en demandait pas davantage.

Lorsque les voyageurs de passage racontaient que le lilas était en fleur à Brive et qu'à Aurillac la neige avait fondu depuis longtemps, l'idée qu'une malédiction planait sur le pays devenait une certitude pour les Malventois. Ils se sentaient seuls au monde, abandonnés, prisonniers d'un hiver ne sévissant que pour eux.

Le curé prétextait son mal aux jambes pour demeurer dans son jardin. Le bruit ne le dérangeait sans doute pas. Il s'était contenté de désigner les coupables, ces mystérieux brûleurs d'églises que les gens se représentaient avec les pieds fourchus. Le vent du nord et le froid le laissaient indifférent. Il poursuivait sa petite vie entre son feu et son église, dans laquelle il n'entrait que pour les offices. Pour le catéchisme, il recevait les enfants dans sa salle à manger, où il faisait bon, et où sa sévère sœur enseignait à l'aide de sa baguette de noisetier. Les gens commençaient à trouver son attitude un peu légère. « Ils se moquent bien qu'on soit sur le point de crever de faim », disaient-ils en tournant un regard courroucé vers le presbytère.

— Si on lui demande conseil, dit Léon Mialet sur un ton de reproche, il répond qu'il n'y a qu'à prier. Moi, je ne suis pas de cet avis ! Regardez la Gisèle : elle s'est mis de la terre glaise dans les oreilles, eh bien elle entendait toujours autant le bruit de la tour !

La nuit tombait. Le ciel était encore clair et le vent glacé s'infiltrait sous les habits.

— Moi, je suis parti à Pleaux, et à Pleaux je l'entendais encore, enchaîna Gustave. J'ai demandé aux gens s'ils percevaient quelque chose ; ils m'ont regardé comme si j'avais perdu la tête. Pourtant, je ne suis pas fou, le bruit était là, je l'avais emmené avec moi.

— Vous vous montez la tête pour rien ! s'emporta Manoche, qui rentrait de son atelier.

— Et le maire, qu'est-ce qu'il fout ? demanda Béroudeau.

Geoffroy Blanc ne se montrait pas plus que le curé. Son commerce de vin l'occupait beaucoup, la mort de son fils unique dans les derniers jours de la guerre l'avait beaucoup affecté et, quand sa femme sombrait dans ses crises de démence, il fallait trois servantes pour l'empêcher de mettre fin à ses jours. Son neveu, Alain Lemêtre, s'occupait de livrer le vin mais c'était un garçon arrogant et violent, les gens ne l'aimaient pas.

— On n'a qu'à aller le voir.

Le groupe s'engagea dans la petite rue entre l'église et le bistrot. À mesure qu'il avançait vers la grande maison dont la toiture se dessinait en contrebas, de nouvelles personnes le rejoignaient, et finalement une centaine de villageois arrivèrent devant le chai, où un camion rempli de tonneaux était prêt pour la tournée du lendemain. Les clients achetaient le vin par barriques, une piquette de neuf degrés qui tournait très vite et dont l'acidité rongeait les estomacs les plus solides.

Des chiens aboyèrent dans la demeure, la porte s'ouvrit, et le maire en personne sortit sur le seuil. Il ne portait pas son habituel chapeau, et ses cheveux blancs partaient en broussaille sur sa large tête. Il mastiquait car il était en train de manger, et son double menton luisait de graisse. Le nombre des visiteurs le surprit. Il prit la veste que lui tendait une servante, puis descendit l'escalier de pierres blanches.

— Qu'est-ce qui se passe ?

— On n'en peut plus, s'exclama le garde champêtre, que sa fonction désignait comme porte-parole du sentiment commun. Ce bruit nous empêche de dormir et nous fait faire des bêtises !

— Le bruit ? demanda le maire. Ah, oui ! Le bruit de la tour ?

Gaston Marcilloux constata que la colline et le petit bosquet qui faisaient écran entre la maison du maire et la tour atténuaient le grondement. Geoffroy Blanc n'en était pas franchement incommodé, ce qui pouvait expliquer qu'il se soit tenu à l'écart.

— On n'en peut plus ! Alors, puisque la tour risque de s'écrouler, pourquoi qu'on la foutrait pas par terre ?

— C'est impossible. Vous savez bien qu'elle est classée ! Le préfet nous a interdit d'y toucher. Il a dit qu'il enverrait une équipe pour la consolider.

— Ça fait dix ans qu'on nous serine ça, et personne ne vient !

— Le bruit s'arrêtera tout seul quand le vent tournera, conclut le maire.

— Ça, c'est pas sûr ! s'écria Mialet. C'est quand même depuis le retour du Barconi que la tour fait ce bruit... Le Barconi nous veut du mal ! Vous trouvez ça normal qu'il vienne parader sous notre nez ?

Cette remarque toucha le maire, qui baissa la tête, s'essuyant la bouche et le menton avec son mouchoir blanc. Il était aussi sensible que les autres à cette injustice qui, à Malvent, avait pris tous les hommes valides, dont son fils, pour épargner cet étranger qui semblait défier les éclopés.

— Je ne peux rien faire, finit-il par dire. Pourtant, j'ai vu des bohémiens qui regardaient la tour d'une drôle de manière. Si elle venait à tomber, on n'aurait pas de mal à trouver les coupables !

Mialet et Béroudeau donnèrent à cette dérobade un sens qui leur convenait : le maire fermerait les yeux sur leurs agissements. Ils n'en demandaient pas plus ; ils savaient ce qu'il leur restait à faire.

Ils revinrent donc au village en bavardant vivement. Comme la nuit tombait et qu'ils étaient transis de froid, ils entrèrent boire un coup au bistrot et commenter les propos du maire. En fin de compte, la blessure d'Albin s'était révélée moins grave qu'on l'avait redouté. Le Dr Savinet avait confectionné un plâtre pour immobiliser le membre dont, selon ses propos, l'os s'était « écaillé », le carrier pouvait marcher avec des béquilles jusqu'à un fauteuil installé pour lui dans la salle commune. Si le vieil homme était d'ordinaire très sobre, la proximité des ivrognes locaux à longueur de journée et le point d'honneur que les clients mettaient à lui payer un verre lui donnaient le soir la bouche pâteuse, et ses paroles n'étaient pas toujours faciles à comprendre. Il était toutefois heureux de s'en tirer à bon compte.

— Si tout va bien, je pourrai reprendre le boulot dans une semaine au plus !

Sa carrière était toute sa vie. Il y passait ses journées, été comme hiver, et toutes ses pensées le ramenaient à cette saignée taillée dans la colline et aux moellons qu'il en tirait. D'après lui, la pierre y était plus saine que n'importe où ailleurs. Comme le bois elle avait un sens, et si on savait le trouver on en faisait ce qu'on en voulait. Parfois, il se disait même qu'on aurait pu y sculpter des statues.

Pendant l'immobilité d'Albin, Gustave allait seul extraire le granit et parait comme il le pouvait à la demande. Le patron avait fait dire dans la commune qu'il cherchait au moins deux ouvriers pour le remplacer, mais les candidats ne se pressaient pas. La guerre avait fauché les forces vives : les éclopés et les vieux avaient beaucoup à faire pour seconder les femmes, qui conduisaient les domaines depuis près de cinq années.

De retour de sa promenade quotidienne, le père Endrieux vit le bistrot bondé à une heure inhabituelle. Les enseignants faisant cruellement défaut, on avait demandé au vieil instituteur de Mauriac, qui approchait les soixante-dix ans, de s'occuper des petits Malventois en attendant qu'on lui trouve un remplaçant. La guerre l'avait peu touché : ses deux filles travaillaient à Clermont-Ferrand et n'étaient pas mariées ; sa femme, native d'un hameau voisin, consacrait tout son temps à collecter de vieux vêtements en vue de les offrir aux familles nécessiteuses. Les gens lui faisaient moyennement confiance parce qu'il n'allait pas à la messe, et le curé ne se gênait pas pour le classer dans la catégorie « ennemis de l'église, socialistes et laïcs en tous genres ». Cela dit, on lui était reconnaissant d'être un instituteur de qualité et de conduire les meilleurs élèves jusqu'au certificat d'étude, où il n'avait connu que trois échecs dans sa carrière. On disait de lui qu'il aurait pu apprendre à lire à l'âne du chiffonnier Valentin, qui passait pour le plus stupide de tous les ânes du pays.

Chaque soir, après l'école, cet homme actif malgré son âge partait pour une longue promenade et était attentif à des détails qui échappaient aux paysans. Chasseur et pêcheur, il connaissait les terriers des renards, les gîtes des lièvres et des sangliers. Il avait aussi une grande connaissance des plantes, et chaque fois qu'on hésitait sur la nature d'un champignon, on allait le consulter. Il savait confectionner des tisanes et des médicaments avec des herbes sauvages, des fleurs de sureau et du chiendent, dont il disait le plus grand bien quand tout le monde pestait contre cet envahisseur de bonnes terres.

L'instituteur pensa que le café bondé était l'occasion d'informer les Malventois de ce qu'il venait de découvrir. Martin remplissait les verres sur le comptoir, Louise les apportait sur les tables et, un carnet à la main, tenait le compte pour ne rien oublier. Au fond de la pièce, plusieurs personnes entouraient Albin, qui n'avait pas pu refuser le verre de l'amitié. Sa femme lui jeta un regard froid lorsqu'elle le vit boire d'un trait le médiocre vin qu'elle servait.

L'arrivée de l'instituteur en ce lieu qu'il ne fréquentait pas fit baisser les voix, et tous les visages se tournèrent vers le vieil homme qui lissait sa moustache tout en refusant le verre que Marie lui proposait. Il frappa le sol de sa canne, comme il le faisait à l'école pour réclamer le silence.

— Ce bruit qui n'en finit pas depuis presque trois semaines m'a donné envie d'aller voir de plus près ce qui se passait, commença-t-il.

— On dit que c'est une tôle au sommet de la tour que le vent fait trembler, le coupa Mialet, qui lui en voulait d'avoir colporté la rumeur que sa Gisèle sentait plus mauvais qu'un putois.

— Je sais, répondit Endrieux avec un sourire. Mais ce qui me semblait étrange, c'est que ce n'est pas la première fois que le vent du nord souffle comme ça, et qu'avant la tôle ne faisait pas de bruit.

— Mais c'est la première fois que le vent souffle aussi longtemps ! intervint Gustave.

— D'accord, mais c'est la première fois que la tour fait ce vacarme. Alors j'ai voulu savoir ce qui se passait.

— Ce qui se passe ? C'est le Barconi qui a bricolé la tôle pour qu'elle nous emmerde ! affirma Martin.

— Ça pourrait être une explication, mais j'en ai trouvé une autre, qui disculpe totalement Angelo Barconi.

Il se tourna vers Albin, qui l'écoutait sans rien dire, son verre vide à la main.

— Monsieur Marlhac, vous avez fait couper à l'automne dernier votre futaie de Longe, sur le sommet de la colline. Et, là où il y avait de grands hêtres se trouve maintenant un couloir vide où le vent du nord s'engouffre jusqu'à la tour. Voilà qui explique le bruit.

Albin faillit s'étrangler. Il toussa longuement, posa son verre sur la table voisine d'un geste sec. Ne pouvant se mettre debout sans aide, il tendit la main vers l'instituteur, et cette main se referma bien vite en un poing menaçant.

— Dites carrément que c'est ma faute si les gens crèvent d'avoir le bourdon dans les oreilles ! siffla-t-il.

— Je ne dis pas ça, mais je suis certain que le fait d'avoir coupé ces arbres permet au vent de s'engouffrer vers la tour et est à l'origine du bruit.

— Il ne manquait plus que ça !

Pressé comme d'habitude, l'instituteur, sortit, laissant les gens au bord d'une colère qu'Albin ne manqua pas d'attiser.

— Voilà que c'est moi qui fais le bruit ! Elle est bien bonne, celle-là !

Il ne trouva rien à ajouter. Curieusement, il ne pouvait s'empêcher de penser à ce jour lointain où il avait surpris Angelo et Marie dans le foin. Comme Gustave, il n'avait jamais entendu rire sa fille avec autant d'allant et de bonheur.

Martin regardait sa femme aller et venir entre les tables en baissant la tête afin de ne pas montrer son visage défait. L'autre soir, lorsque Marie était venue dormir près de lui, il lui avait soufflé à l'oreille son amour démesuré, mais elle n'y avait pas répondu. Elle lui avait demandé du temps pour s'habituer. Et, le lendemain, elle était retournée dans le petit lit en coin à l'autre bout de la chambre. Martin l'avait suppliée de le rejoindre, mais elle avait fait la sourde oreille. À présent, il n'avait plus d'illusions.

— Si j'avais encore mes jambes, dit-il assez fort pour que tout le monde l'entende, je réglerais ça au fusil, et on n'en parlerait plus.

Marie lui jeta un regard froid, où son père, qui ne la quittait pas des yeux, discerna un profond mépris. Si lui se permettait volontiers de rabrouer son gendre, de lui reprocher de dépenser plus que sa pension ne l'autorisait, jamais il n'accepterait que sa fille s'octroie le droit de le délaisser. Martin avait donné un nom à Jeanne et, pour cela, il avait sa place auprès d'elle.

— Ne raconte pas n'importe quoi ! répliqua Albin d'une voix qui, pour une fois, n'était pas méchante.

L'heure avançant, le bistrot se vida peu à peu pour ne laisser avec Albin et Martin que les moins pressés : Mialet, Jules Guérin, qui se plaignait de la démence de son fils, Béroudeau, pour qui traverser la place était une épreuve, Joseph Lemerre, qui rabattait son chapeau sur son épouvantable figure, et Albert Graulhet, qui en agitant son unique bras entra dans le vif du sujet.

— Le maire a été clair. On sait ce qu'il nous reste à faire.

— Puisque personne ne veut s'occuper de nous, il faut bien qu'on se débrouille seuls, ajouta Graulhet.

Il s'arrêta, leva son verre à la hauteur de ses lèvres, jeta un regard à la porte fermée, puis dit en baissant la voix :

— Il faut nettoyer le terrain !

— Et commencer par le commencement : la belle gueule du forgeron me fait mal aux yeux. Je ne peux pas le voir sans ressentir toutes les douleurs de mon bras arraché comme l'aile d'une mouche, ajouta Graulhet.

— Moi, le voir marcher tranquillement sur la place et dans les rues, ça me fait mal aux jambes, renchérit Martin.

Il avait haussé le ton pour que son beau-père entende que le combattant, celui qui était allé au front, c'était lui.

— Moi, je lui casserais bien les jambes et je lui arracherais bien la moitié de la mâchoire, s'emporta Lemerre. Pour qu'il sache ce que c'est.

— Bon. Il n'a pas de famille, grogna Albin, qui avait tout intérêt à orienter la conversation dans cette direction, car plus encore que les autres il mesurait l'ampleur de la menace qu'Angelo Barconi représentait pour la paix de sa maison. S'il partait demain, personne ne s'en inquiéterait, personne ne le chercherait. Et s'il prenait le sentier sur le bord de la Dordogne, ça pourrait donner des idées...

— Tu as raison, acquiesça Guérin, ça pourrait donner des idées...

La porte de la cuisine était restée ouverte ; Marie avait entendu. Elle appela Jeanne, qui écoutait, et sentit l'haleine de la petite.

— Toi, tu as mangé des caramels !

La fillette recula et se mit la main devant la bouche.

— Qui te les donnés ?

— C'est Joséphine, quand je suis passée devant la boulangerie.

— Tu mens. Le bout de ton nez remue.

Jeanne tenta de prendre la fuite. Sa mère la retint. Elle pressentait la vérité, mais voulait l'entendre de la bouche de sa fille. Elle l'entraîna dans la cuisine, ferma la porte et demanda :

— C'est lui qui te les a donnés ?

La fillette baissa la tête, coupable. Une gifle claqua sur sa joue. Ses cheveux noirs volèrent, puis retombèrent tels de lourdes plumes.

— Je t'ai dit que je ne voulais pas que tu acceptes quoi que ce soit de cet homme.

Jeanne s'échappa et se planta face à sa mère, dos au mur. Elle avait parfois le caractère de son grand-père, qui ne supportait pas d'être contrarié.

— Il m'a donné des caramels parce qu'il me trouve belle, répliqua-t-elle, effrontée.

— Je ne veux pas que tu lui parles. Quand tu le vois, tu cours très vite vers la maison, et tu ne lui réponds pas s'il t'appelle. C'est compris ? Maintenant, file dans ta chambre.

— J'ai pas envie de dormir.

— Il est l'heure. Et ne rouspète pas !

Marie attisa le feu dans la cuisinière puis, comme elle regrettait d'avoir frappé injustement sa fille, l'attira contre elle et la serra dans ses bras. Louise fit alors son entrée et lui lança un regard plein de reproches.

La réaction des Malventois face à sa découverte de l'origine du bruit n'avait guère étonné le père Endrieux, qui ne se faisait plus la moindre illusion sur ses concitoyens. Le lendemain de son intervention chez Louise, avant la classe, il rendit visite à Angelo et lui montra le couloir formé par l'abattage des arbres d'Albin et où s'engouffrait le vent du nord. Lorsqu'il découvrit l'étayage mis en place pour consolider l'escalier, l'instituteur recommanda au jeune Italien la plus grande prudence. Celui-ci lui expliqua qu'il pouvait accéder à la première salle, située à mi-hauteur, et où poussaient les ajoncs et bruyères dont les racines se plantaient entre les blocs de pierre.

— Mais seul, je ne pourrai pas aller plus haut. Le sol risque de s'effondrer et il faudrait des troncs plus gros pour soutenir l'escalier du deuxième étage.

— Personne n'acceptera de t'aider, lui affirma Endrieux.

— On peut faire cesser le bruit, mais pas le vent et le froid. Il y a trois semaines que ça souffle, et rien ne peut empêcher que ça souffle encore trois semaines ou plus.

— Les gens d'ici sont superstitieux. Le bruit leur fait plus de mal que le vent. Le vent, ce n'est pas la première fois qu'on l'endure, et avant ils n'en faisaient pas toute une histoire.

Les deux hommes bavardèrent encore un moment, puis l'instituteur dut partir d'un bon pas : ne supportant pas que ses élèves arrivent en retard, il s'imposait la plus stricte ponctualité. Angelo rentra dans sa maison, donna une écuelle de vin à son chien qui tremblait, et se dirigea vers le bois, où il entreprit d'abattre plusieurs sapins au tronc bien droit. Vers quatre heures, il ne résista pas au bonheur d'aller épier Jeanne. Il enferma Pinard et partit. Il contourna le village, puis suivit un sentier entre de hauts chênes jusqu'à la prairie située au-dessous de la mairie-école. Là, il se cacha derrière un buisson d'aubépine et attendit. Les cris des élèves l'avertirent que

Jeanne n'était pas loin. Il la vit en retrait des autres bavarder avec le fils de la postière. Puis la fillette s'éloigna du groupe en sautillant sur le chemin. Elle semblait insensible au vent toujours aussi froid, au bruit de la tour qui descendait en rafales sur les collines. Angelo se montra lorsqu'elle arriva à sa hauteur. Elle fit semblant d'être surprise, mais tout dans son attitude montrait qu'elle l'attendait. Il lui sourit.

— Bonjour, Jeanne. L'école s'est bien passée ?

— Oui, j'ai eu une très bonne note en calcul. Le maître n'en revenait pas. Il m'a demandé qui m'avait aidé ; je lui ai menti.

— Je peux encore t'aider, si tu veux !

Tout à coup, elle se figea. Devant elle, sur sa chaise roulante, son père la regardait. Il l'appela en faisant tourner les roues de son véhicule, qui peinait dans le sentier pierreux.

La fillette s'approcha de lui, la tête basse, coupable.

— Je t'ai entendue parler à l'étranger, lui dit Martin, la voix sifflante. File à la maison !

Jeanne envoya un regard désespéré à Angelo, qui tenta de s'interposer.

— Elle n'a pas fait de mal. C'est moi qui lui ai parlé. Je passais par là. C'est pas interdit de parler à ta fille, quand même.

— Si, c'est interdit. Si j'avais encore mes jambes, dit Martin en le menaçant du poing, on s'expliquerait, tous les deux !

Puis, tant bien que mal, il fit avancer son fauteuil dans la petite côte, derrière la fillette qui courait vers le village. Jeanne arriva en pleurant dans le bistrot. Marie s'apprêtait à la consoler lorsque Martin entra, blême.

— Tu sais ce qu'elle faisait ? cria-t-il. Elle parlait au Barconi !

Marie fronça les sourcils et adressa un regard sévère à sa fille.

— Je t'avais dit qu'il ne fallait pas !

Jeanne courut dans sa chambre en sanglotant. Au fond de la pièce, Albin poussa un soupir si profond que Martin l'entendit. Le vieux savait qu'on ne pourrait rien contre la nature qui poussait instinctivement sa petite-fille vers son père naturel. Tout le monde s'était aperçu qu'elle lui ressemblait, et les langues allaient bon train dans le village.

— Faut prendre une décision ! dit le vieil homme. Va dire aux amis que je leur offre un verre après la soupe.

Vers huit heures du soir, personne ne manquait à l'appel : Guérin avait posé son tablier de boucher et lissé ses cheveux autour d'une raie au milieu, Graulhet avait fermé son épicerie, Mialet s'était enfoncé dans une veste trop grande qui lui descendait jusqu'aux genoux, Gustave avait la joue droite gonflée par son mal de dents, Béroudeau grimaçait de douleur et, dans la pénombre, la figure de Joseph Lemerre était plus hideuse encore ; mais tous étaient là.

— On ne peut plus attendre, commença Albin. On va foutre cette tour par terre. Albert, tu as toujours de la poudre à fusil ?

— Oui, bien sûr.

— Il suffit d'en mettre assez à plusieurs endroits dans le mur, et d'allumer la mèche. Ça, on le sait, mais avant…

— Avant, reprit Guérin, il faut prendre des précautions, et on sait lesquelles !

— Moi, je ferais pas tant de manières, intervint Martin. À la guerre, j'ai appris qu'il ne faut jamais hésiter.

— Toi, tu ne bougeras pas d'ici ! s'emporta Albin. Toi, Albert, et toi, Joseph, vous attendrez au-dessous de la forge, où vous vous arrangerez pour attirer le bel oiseau. Ce sera vite fait, et personne n'entendra rien. Ensuite, vous ferez sauter la tour, et tout le monde croira que le propriétaire est resté dessous.

— On dit demain soir ?

— Pourquoi pas demain matin ? demanda Martin.

— Parce que le soir c'est mieux pour ça, trancha Graulhet.

Guérin avala rapidement son verre de vin chaud et se dirigea vers la porte. Il salua tout le monde et déclara qu'il devait dormir une paire d'heures avant d'aller chercher des agneaux à l'autre bout de la commune.

— Depuis le temps qu'il nous descend de l'air gelé de là-haut, s'étonna-t-il en ouvrant la porte et en désignant le nord, je me dis qu'un jour il n'en restera plus ! Mais ce n'est pas pour ce soir.

La nuit était toujours très froide. Les autres bavardèrent encore un peu, puis se séparèrent. Martin ferma la porte à clef pendant que son beau-père regagnait sa chambre à l'étage. Il s'était habitué à son plâtre et se débrouillait seul pour presque tout. « Si on m'emmenait à la carrière, disait-il, je pourrais tailler les moellons assis. Au moins, je servirais à quelque chose. »

Martin passa dans la chambre du rez-de-chaussée et se dévêtit laborieusement, comme chaque soir. Mais il refusait qu'on l'aide. Marie se déshabilla à son tour, souffla la lampe à pétrole et se glissa dans son lit.

— Je ne supporterai pas qu'il s'approche à nouveau de notre fille, dit Martin entre ses dents. On était bien tranquilles avant qu'il revienne.

Marie observa un silence lourd de pensées. Le bruit de la tour était atténué par l'épaisseur des murs et des volets, mais suffisamment fort pour occuper l'espace à présent qu'il n'y avait plus de lumière. Martin aurait voulu vomir cette impression d'être sale et puant, en tous points semblable à ces charognes qui encombraient les tranchées.

Le lendemain, Marie se leva comme d'habitude vers cinq heures du matin. Elle ralluma le feu qui couvait sous la cendre puis passa dans la cuisine et, encore tout ébouriffée, entreprit aussitôt de racler les carottes pour le repas de midi. Une journée ordinaire commençait au bistrot. Martin manœuvra pour approcher sa chaise de l'évier, où l'attendait la vaisselle de la veille. Lorsqu'il eut terminé, il s'éloigna sans rien dire. Depuis quelque temps, il parvenait à se mettre debout seul pour uriner et à se placer sur le pot ; une autonomie infime, mais qu'il appréciait.

Albin descendit l'escalier sur sa jambe valide. Les marches craquaient sous le pied qui soutenait son corps. Il prit place dans son fauteuil, dans l'ombre complète, au fond de la salle commune. Marie vint allumer la lampe à pétrole et chercha du regard Martin, qui n'était pas là. Une odeur de pain frais flottait dans l'air.

La jeune femme revint dans la pièce commune. Les coqs chantaient dans les basses-cours voisines ; les pintades de Mialet faisaient un grand raffut.

— Tu sais où est passé Martin ? demanda-t-elle à son père.

Celui-ci ne répondit pas. Ce matin, ses pensées allaient vers ce qui s'était décidé la veille. Sans cette maudite jambe, il aurait pu devancer tout le monde et montrer au Barconi qu'il n'avait pas peur de lui. Il regrettait de ne pas l'avoir tué quand il l'avait surpris avec Marie. L'inactivité aidant, il ne cessait de ruminer, et son esprit analysait inlassablement les conditions de son accident. Albin travaillait à la carrière depuis qu'il avait quatorze ans et ne s'était jamais laissé surprendre par la chute d'un bloc. Le filon de granit était sain. Si le bloc s'était détaché au premier coup de burin alors qu'il était à peine entaillé, c'est que quelqu'un avait fait le travail en cachette, dans l'intention de provoquer l'accident. Depuis des jours, il en arrivait à la même explication : Barconi n'avait pas eu de mal à donner quelques coups de barre à mine dans le sillon qu'Albin avait creusé la veille pour s'avancer. L'Italien avait voulu le tuer ; sa connaissance des pierres le confortait dans cette certitude.

Marie fit le tour de la place, inspecta les chemins qui descendaient vers le bas du village ; Martin demeurait introuvable. Elle se rendit chez le boulanger, qui ne l'avait pas vu.

— T'en fais pas, lui dit Albin lorsqu'elle fut de retour, il n'ira pas bien loin : sa bouteille de gnôle est restée sous le comptoir.

Martin avait traversé la place alors qu'il faisait à peine jour, et il poussait les roues de sa chaise dans le chemin qui montait entre les hêtres vers la tour des Barconi. Des pierres roulaient, gênant sa progression, mais ses bras de paysan n'avaient pas perdu de leur force et il parvenait à progresser dans le sentier. La chaise tanguait, manquait se renverser. Martin se penchait d'un côté et de l'autre comme s'il devait maintenir à flots un bateau contre un vent latéral. Son fusil était posé sur ses genoux.

Serrant les dents, il réussit à franchir les gros cailloux près de la fontaine qui gargouillait juste avant la dernière montée. Il était presque arrivé. Le bruit de la tour était plus net, plus fort, mais moins menaçant qu'au village. Il devenait une rumeur ordinaire du vent, que les grands arbres semblaient chasser au-dessus d'eux. Au sommet du petit raidillon se trouvait un monticule que Martin eut beaucoup de mal à franchir. Il y parvint en pesant de tout son poids sur les roues. Le véhicule pencha soudain sur la droite et partit dans la pente. La chaise prit rapidement de la vitesse, sautant de bosse en bosse, puis se renversa. Martin roula dans le fossé humide. Son fusil était armé, le coup partit, énorme dans le matin clair et froid. La forge et la tour étaient à moins de cinquante mètres, mais Angelo ne se montra pas.

En revanche, la détonation s'était entendue jusqu'au village. Comme la chasse était fermée,

Chambon, le garde champêtre, pensa qu'un voisin avait dû décider de se débarrasser de son chien. Il voulut toutefois en avoir le cœur net, car depuis que la tour égrenait sa menace les gens n'avaient plus toute leur raison ; il devait donc rester sur ses gardes.

Il prit sa canadienne. Gisèle, qui emmenait ses moutons sur les pentes de la Dordogne, confirma qu'un coup de fusil avait été tiré du côté de la tour. La vieille Marguerite Béroudeau précisa ensuite qu'il venait du bois, près de la forge. Sur le sentier, le garde champêtre découvrit les traces de la chaise roulante. Il les suivit jusqu'au ravin, où il trouva le fauteuil renversé et Martin à côté, étendu dans la boue du ruisselet. Il se fraya un passage dans les ronces, s'approcha du handicapé immobile, le visage tourné vers le sol, et le secoua.

— Qu'est-ce qui se passe ?

— Rien, laisse-moi crever.

Le garde ramassa le fusil, vérifia qu'il était déchargé et revint vers le blessé.

— Tu vas attraper froid.

Chambon eut bien du mal à le soulever et à l'asseoir au pied d'un arbre. Une roue de la chaise était cassée.

— Tu as de la chance : ta chaise n'est pas trop abîmée, je peux la réparer.

Mais Martin ne voulait rien entendre. Il n'osait même pas regarder Chambon.

— Je veux crever. C'est tout.

— Qu'est-ce que tu racontes, là ? Je vais chercher quelqu'un pour m'aider à te remonter. C'est que tu es lourd et costaud, toi !

— Ah ? Je suis costaud ? Regarde, je ne peux même pas aller où je veux sans me casser la figure !

— Tu vas te taire ? Tu crois qu'on n'a pas assez entendu de conneries comme ça ?

— Eh bien quoi ? Qu'est-ce qui t'arrive encore ?

Louise regardait sa fille debout devant le plat en morceaux sur le plancher. La sauce se répandait en une large tache, s'infiltrant dans les interstices. Une forte odeur de ragoût de mouton et de laurier flottait dans la salle. Sans un mot, la jeune femme alla chercher le balai et la serpillière pour réparer sa bêtise.

— Une si bonne sauce et de la viande de première qualité qu'on va donner aux chiens ! s'exclama la vieille femme. Depuis quelques jours tu ne fais que des bêtises ! Hier, c'était un plateau de verres, ce matin, c'est le plat, et je ne parle pas des pommes de terre brûlées dans la cocotte et du feu qui s'éteint parce que tu as la tête ailleurs !

Marie jeta un regard désespéré à sa mère, qui n'y vit pas l'appel au secours. Louise savait ce qui tracassait sa fille, et cela la confortait dans ses idées : pour être heureuse, une femme ne devait pas avoir connu d'autre homme que son mari. Sinon, avec le temps, les souvenirs prenaient le dessus sur la médiocrité du quotidien. Marie ramassa les morceaux et épongea la sauce.

— Si on jette la viande à la poubelle, maugréa sa mère, on n'est pas prêts de mettre quelques sous de côté !

La vieille femme était réputée pour son avarice. Elle n'offrait jamais la tournée du patron et reprochait abondamment à son gendre de le faire trop souvent. Les jours de foire ou de marché, on se bousculait dans le bistrot. Elle surveillait tout le monde, et gare à qui cherchait à profiter de la cohue pour s'en aller sans payer !

Marie était épuisée. Elle dormait mal, la fatigue embrumait sa tête et ses pensées. La haute silhouette d'Angelo, son corps vigoureux ne la quittaient pas. Il lui avait fallu beaucoup de courage pour lui parler comme elle l'avait fait l'autre jour, dans la grange. À présent, elle le regrettait. L'envie de courir le retrouver, d'oublier son devoir, de jeter aux orties son tablier d'épouse et de mère la harcelait. Elle redoutait l'avenir, se sentant au cœur d'un drame qui ne manquerait pas de la détruire. Elle se sentait très vieille, il lui semblait que son corps avait rétréci et était devenu raide. Elle travaillait toujours plus afin de ne pas penser. La cuisine qu'elle mitonnait chaque jour pour les ouvriers de l'électricité lui soulevait le cœur. L'appétit lui manquait, la vie ordinaire s'était changée en fardeau.

Lorsque le garde champêtre et la vieille Marguerite Béroudeau (la seule personne qu'il avait trouvée) ramenèrent Martin dans ses vêtements boueux et déchirés, le visage griffé par les ronces, un rire nerveux secoua Marie, qui courut se cacher dans la réserve.

— Mais qu'est-ce que tu es encore allé nous inventer? s'écria Albin quand il vit dans quel état se trouvait son gendre.

— Je ne sais pas ce qui m'a pris.

Marie revint et s'employa à nettoyer le visage de son mari, que l'on avait assis sur une chaise ordinaire en attendant que Chambon ait réparé la roue cassée. Elle alla lui chercher des vêtements propres, et quand tout le monde fut sorti il put se changer. Louise ne manqua pas de manifester son mécontentement : en plus de son travail, elle devait servir le tabac et les clients de passage.

Un peu avant midi, le garde champêtre et cordonnier rapporta la chaise roulante réparée, et Martin poussa un soupir de soulagement. Albin ayant envoyé Jeanne demander au médecin de passer le voir, le gros homme fit son entrée juste après Chambon, pour se faire payer l'apéritif, pensa Louise.

— Vous allez m'enlever ce plâtre qui m'empêche de bouger, lui ordonna Albin. Je sens que ma jambe va très bien, et si je reste là un jour de plus, je vais devenir fou !

— Il n'en est pas question, répondit le Dr Savinet. Vous devez garder votre plâtre quarante jours, et pas un de moins. Je vous l'enlèverai quand ça sera le moment.

Le médecin but rapidement le verre de vin blanc que Marie venait de lui servir, et s'en alla sans demander d'honoraires puisqu'il n'avait rien fait. C'était un homme pressé, qui ne comptait pas son temps pour soulager de son mieux les malades et les multiples éclopés. Généreux, il oubliait de se faire payer dans les maisons les plus pauvres. L'abus d'alcool le faisait pester, mais personne ne l'écoutait. Jésus lui-même n'avait-il pas transformé l'eau en vin ?

— Je ne peux même plus faire ce que je veux ! rouspéta Albin en serrant les poings lorsque le médecin eut quitté le bistrot. Louise, va me chercher un marteau et un burin.

Louise resta un moment comme paralysée par l'ordre de son mari, puis s'écria :

— Tu veux attraper du mal, c'est ça ? Le docteur sait ce qu'il dit. Et puis, s'il faut refaire le plâtre, tu sais combien ça va nous coûter ?

— Va chercher un marteau et un burin ! insista-t-il ; il n'avait pas l'habitude qu'on conteste ses ordres.

Sa femme revint un instant plus tard avec un gros marteau de carrier ainsi que le burin servant à tailler les pierres. Elle posa le tout sur le comptoir, puis disparut dans la cuisine en pestant contre la tête de mule qui n'écoutait personne.

— Tu vas me casser ce plâtre, ordonna le vieil homme à Martin, qui se remettait de sa chute à grands coups de rasades de gnôle. Ça t'occupera !

— Mais... et si je vous casse la jambe ?

— Si tu me casses la jambe, je t'envoie un coup de canne sur la tête qui te coupera l'envie de faire des conneries.

Martin hésita une seconde, puis prit le marteau et le burin et frappa. Le plâtre cédait sous les coups, mais très vite le burin buta sur une surface souple qui ne s'écaillait pas.

— Je me souviens, dit Albin, il m'a entouré la jambe de tissu avant de tremper les bandes dans le plâtre. Il faut que tu coupes ça au couteau.

— Vous croyez ?

Face à son beau-père, Martin perdait toute volonté et toute capacité à exprimer la moindre pensée. À l'aide d'un couteau servant à égorger les cochons, il parvint à trancher l'épaisse toile durcie par le plâtre. La peau du mollet apparut, blanche, veinée de bleu et tachée de plaques sombres. Il fallut une heure encore pour libérer complètement la jambe de son carcan. Enfin, quand ce fut fini, Albin s'appuya sur la table et tenta de se mettre debout. Une violente douleur lui arracha une grimace et un petit cri.

— C'est normal, dit-il en serrant les dents. Voilà plus d'une semaine que je ne bouge pas...

S'aidant de sa canne, grimaçant, il fit quelques pas dans la salle sous le regard de Martin et de Louise.

— Bon, ça ira! J'ai perdu assez de temps. Je vais à la carrière.

Les ouvriers de l'électricité entraient et se rassemblaient autour du comptoir pour prendre l'apéritif quand le galop d'un cheval fit tourner les têtes vers la place. Sur son tilbury, Angelo Barconi revenait de Pleaux. Albin le regarda s'arrêter près de la fontaine pour faire boire son animal. Martin jura et renversa un verre sous l'œil malveillant de sa belle-mère. Comme l'eau du bassin était gelée, Angelo quitta son siège pour casser la glace du plat de la main. L'aisance de ses mouvements, son corps sans la moindre entrave étaient une provocation pour ces hommes qui souffraient toujours dans leur chair, une offense à la réalité du monde, une gifle. Les enfants remontant de l'école par la route de Mauriac en groupes bavards s'approchèrent du bassin pour admirer le cheval noir. Angelo sourit à Jeanne et posa un baiser sur sa joue. Marie se tenait derrière la petite porte vitrée donnant sur la rue de la boulangerie. Elle regardait l'homme sur la place avec une telle intensité qu'elle ne vit pas arriver sa fille. Lorsqu'il fut assis sur le siège de son tilbury, le bel Italien tourna vers Marie son visage éclairé par le soleil. Un regard pour elle, et pour que tout le monde le voie.

Jeanne s'approcha sans bruit, glissa sa petite main dans celle de sa mère. Marie sursauta comme si elle venait de se brûler.

À Pleaux, Angelo avait reçu une commande de socs de charrue qui allait l'occuper pendant plusieurs semaines. Un gros marchand qui parcourait toute la région n'avait pas oublié la qualité du travail et de l'acier de son père. Si ses voisins le rejetaient, l'Italien retrouvait malgré eux sa place dans le pays. Ses parents étant enterrés dans le cimetière du village, ses racines étaient ici, et nulle part ailleurs. Faiblement enfouies dans la terre ingrate de Xaintrie, mais bien vivaces.

Haut dans le ciel, le soleil éclairait les collines d'une lumière crue. Les cloches sonnaient midi. Le vent ne faiblissait pas. Angelo apporta à son cheval un seau d'avoine, puis entra dans la maison. Là, il se sentait en confiance, dans la continuité familiale. L'incroyable chance qu'il avait eue à la guerre l'excluait d'une population trop éprouvée. Mais il espérait qu'avec le temps et à force d'amabilité les Malventois finiraient par l'accepter.

Le feu s'était éteint. Il rassembla des brindilles, mit quelques boules de charbon sur les braises toujours vives et entreprit de se faire réchauffer un civet de lapin préparé la veille quand on gratta à la porte. Pinard leva la tête et fit mine d'aboyer, mais aucun son ne sortit de sa gueule entrouverte. Angelo alla ouvrir.

— Pierre ? Qu'est-ce que tu fais là ? Ton patron t'a laissé quitter le fournil ?

Le jeune garçon entra en souriant et posa sur la table sa musette mouillée.

— Ouais, il m'a donné ma journée pour que je me repose parce que je vais travailler toute la nuit prochaine. Le boulanger de Pleaux est malade, et il faudra que Jean aille lui donner un coup de main. C'est moi qui vais faire le pain de Malvent avec Joséphine.

— J'ai l'impression que tu es sacrément content…

Pierre rougit. Il défit les brides de sa musette et en sortit une énorme truite à la belle couleur d'ardoise, piquée de points rouge et noir, au ventre nacré et aux nageoires dorées. Angelo siffla d'admiration.

— Beau poisson ! Où tu l'as pris ?

Pierre se tourna vers le feu, tendit ses mains vers les flammes.

— J'ai posé des araignées près du gour Noir. Il y en avait une encore plus grosse, mais les loutres ne m'ont laissé que les arêtes.

— Je me préparais un restant de civet. Si ça te fait plaisir tu peux manger avec moi.

— On va faire cuire la truite.

— Ça, c'est une bonne idée.

Sans attendre, Pierre trancha l'abdomen nacré et sortit laver le poisson à la fontaine. Pendant ce temps, Angelo chercha une poêle à frire qui ne soit pas rouillée.

— On dirait que le vent est moins fort, déclara le garçon en rentrant.

— J'ai entendu chanter le pivert. C'est un signe de printemps.

La truite était si longue que le garçon dut la couper en deux pour qu'elle tienne dans la poêle. En un instant, une bonne odeur de friture emplit la pièce.

— La truite est un bijou de la rivière, dit Angelo. Elle a la couleur de son torrent, une odeur de mousse fraîche ! Un aspect d'animal sauvage qui ne se laisse pas apprivoiser. Je me demande à quoi servent les points rouge et noir qui ornent ses flancs...

— Mon père en aurait mangé à tous les repas, mais c'était un si mauvais pêcheur qu'il devait se contenter des champignons.

Le visage de Pierre s'assombrit, et le forgeron comprit que le garçon venait chercher auprès de lui le souvenir d'un père parti au moment où il en avait le plus besoin.

— Il recevait des lettres d'ici, dit Angelo. Je savais tout ce qui se passait au pays.

Avec deux fourchettes, le mitron retourna les morceaux de truite.

— C'est bête que les gens ne vous aiment pas, dit-il. Ils pensent que vous êtes un sorcier. Et puis...

Il ne termina pas sa phrase. Pinard se mit à aboyer d'une voix rauque. Une rafale de vent fit monter le bruit de la tour dans les aigus.

— Je sais. J'ai peut-être eu tort de revenir, mais je ne pouvais pas faire autrement. Mon père et ma mère sont ici. Et puis personne ne peut comprendre ce qu'on a vécu.

Pierre planta une fourchette dans la peau craquante de la truite et constata qu'elle était cuite. Angelo disposa sur la table deux assiettes, deux verres et une bouteille de vin.

— Je ne demande rien à personne. Je veux qu'on me laisse tranquille ici, je suis chez moi !

— Ils finiront par vous chasser. Ils sont jaloux !

Pierre avait parlé sans lever les yeux de son assiette, tandis qu'il détachait la chair blanche de l'arête centrale. Il demeura un long moment silencieux puis, aussi vite que possible, comme s'il avait honte de son aveu, il dit enfin :

— Des fois, je me dis qu'on pourrait partir tous les deux. J'apprendrais le métier de forgeron et on s'installerait dans une région plus riche, où les gens achètent des machines, en Limagne par exemple. On vendrait du matériel et on le réparerait. Il y a de bonnes affaires pour les gens dégourdis...

Angelo observa le jeune homme. Son visage qui rougissait pour un rien avait toute l'ingratitude de l'adolescence : des joues rondes aux formes enfantines, un nez trop grand et une peau infestée de boutons rouges. Ses cheveux raides tombaient en épis autour de ses oreilles et dépassaient de sa casquette couverte de farine. Certes, il n'était pas beau. Mais il était tellement attachant.

— Tu ne vas quand même pas laisser tomber le métier de boulanger? Jean Leroy n'a pas d'héritier, et la boulangère t'aime bien…

— Il faut se lever trop tôt. Je préférerais la forge, et vendre des machines aux grosses fermes de la plaine. On gagnerait plus, et c'est l'avenir. Bientôt, il y aura des machines pour faire le pain!

Angelo envisagea un instant son départ de Malvent en compagnie de Pierre. Ce que disait le garçon n'était pas faux: les agriculteurs des plaines et les producteurs de blé s'équipaient en matériel de plus en plus cher. Tous possédaient plusieurs chevaux, et le travail ne manquerait pas pour un forgeron qui saurait devenir mécanicien.

Le garçon vida son verre de vin et se leva.

— Il faut que j'y aille. Je vais préparer mes fagots pour la nuit, comme ça je n'aurai pas besoin de sortir. Il fait encore si froid!

— Et, surtout, fais bien attention, hein? T'occupe pas trop de la boulangère, sinon tu vas faire brûler ta fournée!

Le gamin rougit encore et n'osa pas croiser le regard d'Angelo. Avant de rentrer au village, il avait l'intention de relever ses filets sur la Dordogne afin d'apporter des truites à sa mère. Il descendit donc par le sentier jusqu'au bord de la rivière à l'eau cristalline, cette eau si particulière par temps froid lorsque souffle le vent du nord. Le temps n'était pas favorable à la pêche, mais les truites étaient si nombreuses que Pierre ne remontait jamais la musette vide.

Au bistrot de Louise, les ouvriers de l'électricité en étaient au fromage. Albin ne desserrait pas les dents. Assis en bout de table dans la cuisine, il mangeait avec lenteur, visiblement préoccupé et de fort mauvaise humeur. Il fixait son assiette. La petite Jeanne n'osait pas raconter sa matinée de classe : le silence du grand-père imposait à tous de se taire. Sa colère débordait sur les membres de la famille, et même sur les ouvriers, qui riaient moins fort dans la salle commune. Louise et Marie faisaient le service, l'une apportant les plats, l'autre les carafes d'eau et les bouteilles de vin ; Louise notait tout sur un calepin qu'elle gardait dans sa poche.

Albin se roula une cigarette et l'alluma à un tison avant de se diriger vers la porte, grimaçant toujours dès qu'il s'appuyait sur sa jambe déplâtrée.

— Où t'es encore parti ? lui demanda sa femme.

— À la carrière. J'ai perdu assez de temps.

Elle connaissait trop bien son mari pour ne pas voir qu'il lui cachait quelque chose. Elle se planta devant lui.

— Qu'est-ce qui te prend ? Tu vas pas faire une bêtise, au moins ?

— Laisse-moi tranquille.

Albin s'éloigna en boitant. À la douleur de sa jambe s'ajoutait la terrible certitude qui lui nouait l'estomac : Marie ne résisterait pas longtemps à l'envie de rejoindre Angelo. C'était dans l'ordre des choses. Le teint pâle de la jeune femme et la nervosité qui lui faisait accumuler les gestes malheureux témoignaient de ses préoccupations. Et puis cette manière de prendre sa fille dans ses bras à chaque instant ! Ce n'était pas dans ses habitudes : chez les Marlhac, on ne s'embrassait pas, et on ne cajolait pas les enfants. Il devenait donc urgent d'agir. Ce soir, si tout allait bien, la question serait réglée.

Le vieil homme s'engagea dans le sentier conduisant à sa carrière, à flanc de colline sur la route de Pleaux, à moins de cinq cents mètres. D'ordinaire, il parcourait le chemin à vélo. Mais il redoutait de ne pouvoir pédaler et de se casser la figure. Il s'y rendit donc à pied, malgré son mal de jambe. Le travail pressait, et Gustave devait déjà y être ; l'ouvrier avait dû se contenter d'un morceau de pain et de fromage avalés sur le pouce.

Au village, la place se vida quand les employés de l'électricité repartirent pour leur chantier. Dans son échoppe, le cordonnier garde champêtre clouait le cuir d'une botte ; au bistrot, le bruit des assiettes indiquait que Martin faisait la vaisselle. Le curé Bonnière avait entrepris sa promenade journalière, son bréviaire à la main. Il saluait les gens d'un rapide signe de la tête, souriait à quelques-uns et ignorait les autres. Sa marche le conduisait toujours sur la route du cimetière. Il tournait à gauche, traversait le foirail désert et revenait par le bas du village, en passant devant l'école. Puis il rentrait chez lui et on ne le voyait plus jusqu'au lendemain. Chaque soir, après la classe, sa sœur s'occupait du catéchisme et des enfants qui préparaient leur communion ;

on entendait sa voix aigre crier contre les garçons indisciplinés.

Après avoir rangé la vaisselle, Marie se réfugia dans la remise, où personne ne pouvait voir son visage défait. La porte donnant sur la ruelle de la boulangerie était ouverte. Lorsque le curé passa, il l'aperçut et ralentit le pas. Elle s'esquiva rapidement, mais Bonnière entra dans la pièce. Elle fit face, sur la défensive car elle savait ce qu'il allait lui dire.

— Tu as une bien mauvaise tête, toi. Passe me voir, qu'on parle un peu tous les deux.

Elle ne répondit pas et, pour se donner une contenance, se mit à ranger les cageots vides oubliés entre les étagères de conserves et de charcuteries fumées. Le vieil homme n'insista pas. Il sortit et s'éloignait en direction de son presbytère quand un cri l'arrêta. Léa, la fille aînée de Béroudeau, âgée d'une quinzaine d'années, arriva en courant sur la place et cria :

— Au secours ! On vient de tuer Albin !

Chambon ne prit pas le temps de se débarrasser de son tablier de cuir, il courut vers l'adolescente qui s'était arrêtée à la fontaine. En quelques secondes, elle fut entourée d'une foule de curieux. Choquée, les cheveux en broussaille, elle se laissa tomber dans les bras de sa mère, qui tenta de la calmer.

— On vient de tuer Albin ! hurla-t-elle encore.

Louise sortit à son tour, suivie de Martin.

— Qu'est-ce que tu racontes ? demanda le curé.

Tremblant, la jeune fille roulait des yeux épouvantés. Bonnière lui posa la main sur l'épaule pour la rassurer.

— J'étais du côté des Rocs. C'est bien abrité du vent, et il y a de l'herbe pour les moutons. C'est là que je l'ai vu…

Elle n'arrivait pas décrire son horrible vision. Elle tendait les mains vers la tour, dont le bruit était plus grave maintenant que le vent avait molli. Le soleil illuminait les pentes, où des lambeaux de neige s'obstinaient à ne pas fondre.

— Il était étendu entre les rochers. La tête tournée vers la tour, les yeux ouverts. Et ce sang…

— Du sang ? Où ça ? demanda le curé.

— Sur sa figure. J'ai peur pour mes moutons, qui sont restés là-bas !

— Ne t'en fais pas, intervint Chambon. On va les ramener, tes moutons. Faut aller chercher les gendarmes de Pleaux. Et avertir le docteur.

Ayant fini sa tournée, le facteur se proposa d'aller prévenir les uns et les autres. C'était un grand marcheur, et personne n'avait sa résistance pour parcourir des kilomètres à vélo. Avec son horrible visage, il n'aimait pas rester exposé aux regards sous une lumière crue et impitoyable.

— Bon, toi, tu vas m'emmener, ordonna Chambon à Léa. Vous autres, venez m'aider. Avec sa jambe, il se sera cassé la figure et assommé contre un rocher.

Toujours sous le choc, la jeune fille guida le garde champêtre et quelques hommes, dont le boulanger Leroy et le boucher Guérin, qui était allé chercher son fusil. Ils dévalèrent prestement le sentier raide entre les blocs rocheux et arrivèrent au bord de la Dordogne, près d'une petite anse où la rivière débordait. Les moutons de Léa étaient là, en train de brouter paisiblement une langue d'herbe bien verte qui avait poussé à l'abri du vent.

— C'est là, dit la jeune fille au garde champêtre en tendant la main sans oser s'approcher.

Chambon passa entre les rochers et découvrit, couché sur les galets, le vieil Albin sans casquette et la figure couverte de sang. Il s'approcha, se pencha sur le carrier, lui tapota la joue, mais le vieux Marlhac n'eut aucune réaction. Puis, d'un geste rapide, le garde champêtre baissa les paupières de Marlhac sur ses yeux figés en une dernière expression de haine. Près du corps, les cailloux avaient été déplacés, et le sol était comme labouré par une lutte. Chambon décida de ne toucher à rien.

— Il est mort, conclut-il. On va attendre les gendarmes. Il ne faut surtout pas marcher là, on pourrait gêner leur enquête.

Ils remontèrent au sommet de la côte, où ils rencontrèrent les gendarmes accompagnés de Geoffroy Blanc. Le maire soufflait déjà d'avoir marché d'un pas rapide depuis la place où les gens, inquiets et curieux, s'étaient rassemblés. Le brigadier Mangein s'était déplacé en personne. La région était calme, et les rares interventions de la police avaient lieu pendant les foires, car les groupes avinés en venaient souvent aux mains, mais les bagarres n'allaient jamais au-delà de quelques coups de poing. Le reste du temps, Mangein faisait la chasse à ceux qui chapardaient, aux braconniers, toujours nombreux, et recevait surtout les kyrielles de plaintes, la plupart du temps infondées, des paysans procéduriers. Les juges de paix avaient beaucoup à faire pour régler les litiges entre voisins concernant un rang de labour ou un arbre poussé sur une limite, et dont la propriété était contestée.

Après les ravages de la guerre, ce mort à Malvent était de trop. Quand les curieux avaient appris la nouvelle, les poings s'étaient levés. Ils attendaient des gendarmes qu'ils règlent au plus vite l'affaire et donnent au criminel que tout le monde accusait une punition exemplaire.

Le groupe suivit la rivière sur une centaine de mètres puis, le garde champêtre lui ayant indiqué l'endroit, Mangein passa le premier, suivi de trois gendarmes. Ils s'approchèrent en prenant garde de ne pas toucher les buissons froissés et cassés pendant la lutte entre l'agresseur et sa victime. Le brigadier se pencha sur le corps, l'examina longuement, puis se releva.

— Vous restez là pour surveiller les lieux, ordonna-t-il à deux de ses acolytes. Personne, pas même la famille, ne doit approcher ni toucher la victime. Je vais avertir les collègues d'Aurillac. Il y a sûrement des tas d'empreintes qui permettront de trouver au plus vite le meurtrier. Vous, Bartez, ajouta-t-il à l'intention du troisième gendarme, vous venez interroger les gens avec moi.

Mangein repartit donc en compagnie de Bartez, du maire et du garde champêtre, qui se savait utile au village, où les gens criaient vengeance. Lorsqu'ils arrivèrent, le curé tentait de calmer une dizaine de vieux et de femmes rassemblés autour de Martin, qui levait les bras et criait plus fort que les autres. Gustave arriva, essoufflé. Il avait entendu les cris depuis la carrière. Quand il apprit la mort d'Albin, il s'assit sur le rebord de la fontaine et jura plusieurs fois.

— Et moi qui étais à côté et qui n'ai rien fait ! Ah, si j'avais su !

Martin fit rouler sa chaise jusqu'à l'ouvrier et lui tapota l'épaule de sa main blanche d'invalide.

— Tu n'y es pour rien ! dit-il pour le consoler, puis, se tournant vers les autres, il ajouta : C'est Barconi qui l'a tué ! Vous avez vu, ce midi, quand il est passé avec son cheval ? Il a regardé vers le bistrot pour défier mon pauvre beau-père !

— Il a raison ! affirma Graulhet. J'étais dans ma boutique et je l'ai bien vu !

— Pas si vite, protesta Béroudeau. C'est vrai que Barconi s'est arrêté ici ce midi pour faire boire son cheval, et qu'il a regardé un bon moment en direction du bistrot. C'est vrai qu'il a embrassé la petite Jeanne, mais ça ne veut rien dire. Avec sa jambe, Albin est peut-être tombé tout seul du sentier au-dessus de la rivière.

— Sûrement pas ! s'écria Lemerre en tirant Bartez par la manche. Barconi est revenu de la guerre fier comme Artaban, sans une égratignure, et il n'a pas oublié les coups de fléau du père de Marie. La voilà, la vérité !

— Il crache devant l'église, comme son père, dont le cercueil est passé par-dessus le mur, ajouta Massenet.

Le brigadier Mangein resta en retrait pour écouter les commentaires des gens, car il redoutait que sa présence ne les fasse taire.

— N'est-ce pas, monsieur le curé, que vous n'avez pas voulu que son cercueil passe par le portail parce que c'était un je-sais-pas-quoi ? insista Lemerre.

Bonnière n'avait pas bien entendu. Les voix se mêlaient, et il n'en percevait qu'un brouhaha confus, semblable au roulement de la Dordogne près des cascades du gour Noir.

— Oui, oui, fit-il.

Puis il s'excusa et partit vers le bistrot, où il entra.

Le brigadier comprit bien vite l'histoire des Barconi, l'aventure d'Angelo et de Marie, puis la colère d'Albin. Pourtant, si les gens criaient toujours vengeance, pour Mangein ce crime était en fait un simple accident ou le résultat d'une bagarre qui avait mal tourné. Bien sûr, ces malheureux éprouvaient une profonde animosité à l'égard du jeune homme qui avait traversé la tourmente sans la moindre blessure, mais les racines de la haine étaient plus profondes : les Barconi étaient avant tout des Italiens, chose inadmissible dans un pays où les gens vivaient entre eux depuis toujours. Et si, comme ils le prétendaient, la famille Barconi n'avait jamais fréquenté l'église, cela rendait tout naturellement diabolique la chance d'Angelo…

— Bon, demanda le brigadier à Lemerre, est-ce que je peux envoyer un télégramme à Aurillac ?

— Bien sûr. Allez voir Agnès, ma femme. La poste est dans la petite rue en pente, à côté de la boulangerie.

Mangein entra dans une maison qui n'avait rien d'une poste. Une femme assez ronde l'accueillit en prenant un air affligé de circonstance. Elle avait des cheveux très noirs, des yeux bleus et un beau visage de porcelaine, régulier et sans expression. Elle s'installa dans la petite cage isolée de la pièce par un grillage et envoya le télégramme. Quelques minutes plus tard, elle reçut la réponse de la gendarmerie d'Aurillac.

— Ils seront là dans moins de deux heures. Ils demandent qu'on ne touche à rien.

Le brigadier retourna sur la place, où les esprits s'étaient encore échauffés. Les gens exigeaient l'arrestation immédiate du criminel. Mangein recommanda le calme et une attitude digne. Le maire, qui avait repris ses esprits, se rangea au côté du gendarme, mais on ne l'écouta pas.

— Si personne ne veut faire justice, on la fera nous-mêmes ! hurla Martin, bien incapable de faire quoi que ce soit.

Les gens s'emportaient, s'encourageaient mutuellement à l'action. Sur le seuil du fournil,

Pierre Margeride assistait à la scène. Finalement, il n'était pas allé chez sa mère, et préparait ses fournées de la nuit en compagnie de la belle boulangère, qui avait pour lui des attentions ambiguës de mère et de femme. Les accusations à l'encontre d'Angelo étaient insupportables au mitron; il ne pouvait pas laisser traîner dans la boue l'ami de son père. Il posa ses fagots, prit son manteau et s'apprêta à sortir. La boulangère l'arrêta.

— Mais où tu vas?

Le mitron bredouilla, n'osant répondre. La femme lui caressa la joue, ce qui finit de le mettre mal à l'aise.

— J'en ai pour cinq minutes, promis! murmura-t-il.

— Mais qu'est-ce que tu veux aller faire là bas? Tu ne vois pas qu'ils ne savent plus ce qu'ils font? Ils pourraient s'en prendre à toi. Je t'en prie, reste là.

— Je ne peux pas les laisser accuser Angelo, parce que j'étais avec lui quand le pauvre Albin a été tué.

La femme attira le jeune garçon contre sa poitrine et le tint ainsi un moment, à la manière d'une mère qui console son enfant. Lui, terriblement mal à l'aise, n'osait pas bouger.

— Tu es un gentil gars, mon petit Pierre, lui souffla-t-elle à l'oreille. Ici, tu es comme chez toi. Même si Jean te botte les fesses de temps en temps, il t'aime comme son fils. Je t'en prie, ne va pas te ramasser du mal !

Il n'insista pas et reprit son travail. Leroy savait qu'il avait là un bon ouvrier, sur qui il pouvait compter. Mobilisé en 1916, le boulanger avait participé à plusieurs batailles mais s'en était assez bien tiré, malgré les éclats d'obus logés dans son dos et ses épaules et qui l'empêchaient de se pencher et de se mouvoir librement. Le médecin lui avait dit que si les éclats se déplaçaient il pouvait en mourir, ou se retrouver paralysé. Pour cette raison, il ne faisait pas de projets à long terme et gâtait son mitron.

Quand le dernier fagot fut déposé près de la gueule ouverte du four, Pierre essuya la sueur de son front et enfila sa chemise afin de ne pas prendre un chaud et froid. Les cris des gens parvenant encore jusqu'à lui, il ne put se retenir. La chemise déboutonnée sur sa maigre poitrine d'adolescent, il ouvrit la porte, sans tenir compte des appels de la boulangère. Il courut sur la place, contourna les groupes et se plaça devant la foule, que le brigadier et son gendarme essayaient de contenir.

— Angelo Barconi n'a pas tué le père Albin ! cria-t-il de sa voix mal assurée qui hésitait encore entre la gravité de l'adulte et les aigus de l'enfance. Je peux vous le dire, puisque j'étais avec lui quand ça s'est passé !

Une vague de protestation déferla sur la place. Des cris s'élevèrent de la foule contre ce gamin timide. Les poings se levèrent. Que cherchait ce freluquet de mitron ? Qu'il retourne se cacher dans son fournil ! Pierre trouva le courage d'insister.

— Mon père a bien connu Angelo, ils étaient ensemble à la guerre. Et mon père nous a écrit que Barconi l'avait sauvé plusieurs fois, que c'était son ami ! ajouta-t-il, des larmes dans la voix.

— Pourtant, ça n'a pas empêché ton père d'y rester, et lui de revenir ! hurla quelqu'un.

L'adolescent fut bousculé. Le brigadier se plaça devant lui pour lui éviter des coups. Le maire le prit fermement par le bras.

— Toi, tu files à la boulangerie ou je te botte les fesses !

Vaincu, le petit Margeride partit en évitant ceux qui voulaient l'arrêter pour le frapper.

Il pleurait, comme l'enfant qu'il était encore. Lorsqu'il passa devant la porte de la réserve du bistrot, quelqu'un lui fit un petit signe.

— Viens, lui dit Marie, tout en restant dans l'ombre à l'intérieur de la pièce afin que personne ne l'aperçoive de la place.

Sans réfléchir, il entra et demeura un instant à sangloter devant la jeune femme, qui l'observait de son air grave et froid.

— Ce que je dis est vrai, souffla enfin le garçon. Angelo était l'ami de mon père et je ne peux pas...

Marie referma la porte et s'approcha de Pierre.

— Tu as froid ! Tiens, prends ça ! lui dit-elle en lui tendant une vieille veste qu'Albin portait pour aller à la carrière.

— Angelo n'est pas méchant, reprit le garçon. Ce qu'ils racontent n'est pas vrai ! Il n'a pas tué votre père, j'en suis sûr !

— Je sais que tu as raison. Maintenant, va vite, Joséphine t'attend.

Pierre pleurait à chaudes larmes, les mains devant la figure. Marie lui caressa les cheveux, un geste inhabituel chez cette femme réservée.

— Les policiers vont faire leur enquête et trouver le coupable. C'est peut-être un vagabond, il y en a en ce moment du côté des Rousses.

Sans un mot, Pierre s'éloigna vers la boulangerie. Joséphine l'attendait devant la porte.

— Viens, mon Pierrot. Tout le monde sait que tu es un bon petit, et tant que je serai là, avec Jean, on ne te fera aucun mal.

Le brigadier, son collègue et le maire parvinrent à grand-peine à contenir la foule jusqu'à l'arrivée des gendarmes d'Aurillac, à bord d'une automobile qui fit sensation. Un instant, les gens oublièrent leur colère pour admirer le véhicule rutilant qui avait permis de franchir la distance en moins d'une heure alors qu'il aurait fallu la matinée à un cheval. Quatre hommes en bel uniforme descendirent et se firent expliquer la situation par Mangein. Chambon était allé chercher son képi de garde champêtre et se tenait près de l'officier pour tenter de placer un mot. Le vent était devenu encore plus froid. Le capitaine Gasquet, petit homme pourvu d'une belle moustache noire, souleva son képi galonné pour écouter le bruit aigu de la tour.

— Ça fait longtemps que ça dure ?

— Plus de trois semaines, répondit le brigadier. Ça vient d'une tôle qui vibre au sommet de la tour. On ne peut pas y monter, ça risque de se casser la figure. On ne peut pas non plus la faire sauter, ordre du préfet : c'est un monument historique. Il est question de la renforcer grâce à du ciment.

— Est-on sûrs qu'il s'agit d'un crime et non d'un accident ?

— Il semblerait qu'il y ait eu bagarre.

— Très bien. Allons sur les lieux. On va faire les prélèvements et ramener le corps chez lui. Mais il faut que les gens se dispersent. Dites à vos gars de s'en occuper. Menacez-les de prison s'ils n'obéissent pas.

Le capitaine prit une mallette à l'arrière de la voiture et suivit Mangein avec deux gendarmes dans le sentier au bord de la Dordogne. Lorsqu'ils arrivèrent sur le lieu où se trouvait le cadavre, ils envoyèrent les deux hommes restés sur place chercher une civière à Mauriac. Les adjoints de Gasquet, eux, prirent des photos de l'emplacement, puis relevèrent les empreintes sur les vêtements et sur la peau du mort. Debout, Mangein et Chambon assistaient à cette opération qui leur semblait bien mystérieuse.

— C'est un crime, affirma le capitaine. Il y a là beaucoup d'empreintes, on a sûrement celles du meurtrier, et il sera facile de le confondre. Et là, on a la pierre qui a servi au massacre, ajouta-t-il en désignant un galet gris couvert de sang et de cheveux.

Le relevé des indices dura plus d'une heure. Enfin, Gasquet ordonna qu'on remonte le défunt chez lui. La civière fut disposée à côté du corps, si près de la rivière que des vaguelettes venaient mourir sur le brancard. On chargea délicatement le corps d'Albin. La remontée ne fut pas facile ; l'homme était lourd. Il fallait le soulever à bout de bras pour passer entre les rochers qui se dressaient de chaque côté du sentier. Le capitaine, lui, était resté sur le lieu du crime et continuait d'observer le sol à la recherche d'un indice qui aurait échappé aux autres. Arrivés au village, les hommes étaient exténués. Les badauds se découvrirent et firent silence, ce qui donna plus de portée encore au bruit de la tour, variable, changeant au gré des mouvements du vent. Une haie silencieuse se forma jusqu'au bistrot, dont Louise avait ouvert les portes en grand. Derrière la civière, Martin faisait tourner les roues de sa chaise, seul, silencieux, visiblement affecté. Depuis son retour de la guerre, il avait cru détester son beau-père. Il constatait en fait que ses reproches allaient lui manquer.

Tous entrèrent dans le bistrot, où l'on avait poussé les tables et les chaises pour permettre l'accès à la chambre du fond. Louise était là, blême, les yeux secs. À l'annonce de la mort de son mari, la vieille femme n'avait pas bronché. Marie baissait la tête afin qu'on ne puisse pas lire sur son visage une indifférence coupable. Il ne manquait que la petite Jeanne, qu'on était allée chercher à l'école, mais qui tardait à arriver.

On installa le mort sur le lit. Le curé était allé chercher de l'eau bénite et de l'encens. Il récita les prières rituelles. La tête nue, les gens emplissaient la salle commune et se recueillaient. La colère contractait leurs mâchoires et serrait leurs poings.

— Albin, tout le monde t'aimait, ici, déclara d'une voix solennelle le curé à la fin de la prière. Tu avais rendu service à beaucoup, et Dieu ne l'oubliera pas. Seul un monstre peut t'avoir frappé jusqu'à te tuer, et ce monstre payera son forfait.

Bonnière se recueillit longuement, puis quitta la pièce sans rien ajouter. Dans la salle, ses paroles avaient fait mouche, la colère était à son comble. Près de la porte, où les gendarmes contenaient la foule, des cris de haine fusaient. Mangein devait faire quelque chose pour éviter un nouveau drame.

Gustave pria longtemps près de la dépouille d'Albin, puis demanda à parler aux gendarmes.

— Je sais qui l'a tué, dit-il à Louise.

— Tu l'as vu ? Pourquoi tu as laissé faire ?

— Je ne l'ai pas vu, mais je sais. Il faut que je leur parle.

Il sortit sous les regards curieux et s'approcha du brigadier, qui se pencha vers lui pour l'écouter. Gustave était vraiment petit.

— Voilà, dit-il, vers deux heures, j'étais à la carrière, je venais de manger un morceau de pain et du jambon, j'avais bu mon quart de vin...

— Bon, venons-en au fait, s'impatienta le brigadier.

— J'ai entendu quelqu'un qui criait près de la Dordogne. La carrière n'est qu'à deux cents mètres. J'ai cru reconnaître la voix d'Albin, ce qui m'a étonné puisqu'il avait une jambe dans le plâtre. Je suis allé voir, mais je ne marche pas vite avec mes poumons gazés, je m'étouffe dès que je force un peu. Au sentier qui descend entre les rochers, j'ai vu le Barconi qui remontait. Il avait une tête bizarre. Il m'a dit bonjour, mais je ne lui ai pas répondu parce que je ne lui parle pas. Il revenait de l'endroit où j'avais entendu des cris. Mais comme je pensais que j'avais mal entendu, que les cris ne pouvaient pas venir d'Albin puisqu'il ne pouvait pas se déplacer, le pauvre, je suis retourné travailler parce que je n'ai pas l'habitude de passer mon temps à me promener. Voilà ce que je peux dire.

Les menaces s'élevaient de la foule, toujours plus nombreuses. Les gens n'avaient pas besoin du témoignage de Gustave pour savoir que le meurtrier était Barconi.

— Restez tranquilles ! cria le capitaine Gasquet. Nous allons monter voir

M. Barconi et nous l'emmènerons au commissariat. Mes hommes ont recueilli vos témoignages. Cette affaire ne vous concerne pas, vous pouvez disposer !

— Ah bon ? Ça ne nous concerne pas ? hurla quelqu'un. On voudrait bien voir ça !

Le capitaine demanda à se rendre chez Barconi. Le chemin menant à la tour étant trop défoncé pour permettre le passage d'une voiture, il demanda à Mangein et à ses gendarmes de l'accompagner. Sur la route, il boutonna son manteau : le vent était vraiment glacial.

— C'est curieux qu'il fasse si froid par ici ! s'étonna-t-il.

— On est mal orientés, répliqua le maire, qui les accompagnait. Nos pentes sont tournées vers le nord et on est à huit cents mètres !

À la forge, Angelo sortait de sa maison en compagnie de Pinard, qui marchait péniblement derrière lui. Cette visite intrigua le forgeron ; la présence des gendarmes ne lui laissait présager rien de bon. Le capitaine s'approcha seul.

— M. Barconi, nous venons vous chercher pour vous conduire à la gendarmerie d'Aurillac, où vous aurez à répondre du meurtre de M. Albin Marlhac.

Angelo fronça les sourcils. Quelle histoire avait-on encore inventée pour le tracasser?

— Vous dites qu'on a tué Albin?

— Oui, et on vous a vu sur les lieux du crime. On vous a même vu vous enfuir. Il faut vous expliquer.

— Je vous jure que je n'ai tué personne!

La foule qui avait suivi de loin hurlait dans la pente. Les menaces de mort se multipliaient. Effrayé par le vacarme, le chien se mit à aboyer puis, fatigué d'avoir parcouru déjà dix mètres, se coucha sur la neige et bâilla avant de poser sa lourde tête sur ses pattes croisées.

— Suivez-nous. Prenez quelques effets, vous resterez sûrement plusieurs jours chez nous, poursuivit Gasquet.

Angelo n'insista pas: il ne pouvait rien opposer à la volonté des gendarmes et se plaça sous leur protection. Il payait ainsi sa chance. Dans sa situation, n'importe quel autre poilu aurait été traité avec égards, et sa parole d'honneur aurait été prise en considération. Sa bonne santé faisait de lui un paria, un tricheur dont on se méfiait. Les paroles du curé avaient porté : celui qui n'allait pas à l'église, l'ennemi de Dieu, ne pouvait être que l'ennemi des hommes.

L'Italien rentra dans sa maison. Le capitaine l'attendit à la porte tandis que les gendarmes refoulaient les badauds qui voulaient mettre à sac la forge. Barconi ressortit un instant plus tard et alla caresser son chien. Il ne se faisait pas d'illusions : les policiers n'étaient pas près de le relâcher et tout l'accusait. Si la paix du village était au prix d'un étranger, la police en ferait volontiers un coupable. Après avoir échappé à la pire des boucheries, il risquait de laisser sa tête pour une affaire qui ne le concernait pas, ou alors de très loin.

— Il faudrait avertir Pierre Margeride, pour qu'il s'occupe de mon chien et de mon cheval.

— Nous n'y manquerons pas, répondit le brigadier.

Sans un mot, il lui passa les menottes. Puis deux hommes l'encadrèrent, et ils s'avancèrent sur le chemin. Des cailloux volaient autour de l'accusé ; l'un d'eux le toucha à la joue, un filet de sang coula entre les poils de sa barbe mal rasée. Mangein menaça ceux qui lançaient des pierres de les conduire en prison avec le prévenu. La foule avait peur de se faire rouler une fois de plus. Elle doutait de la justice, qui perdrait beaucoup de temps en procédures et s'arrangerait pour ne pas condamner le coupable. Pourtant elle se calma, et le convoi arriva sur la place.

Soudain, alors que personne ne s'y attendait, la petite Jeanne, qu'on était allée chercher à l'école et à qui on avait tenté d'expliquer que son grand-père était mort, bouscula sa mère pour sortir de la cuisine par la petite porte et courir vers Angelo. L'effet de surprise fut tel que personne ne pensa à l'arrêter. Elle se jeta contre le prisonnier et l'étreignit de ses petits bras en criant :

— Pourquoi vous lui faites du mal ? Il est gentil !

— Voyons, fillette, rentre chez toi !

— Vous êtes des méchants. Je vous déteste ! hurla la gamine avant d'éclater en sanglots.

L'intervention de Jeanne avait stupéfié la foule, tout à coup silencieuse. Jamais sa ressemblance avec Angelo n'avait été si frappante. Raison de plus pour condamner le bel Italien chassé par Albin.

Marie quitta à son tour la cuisine et marcha d'un pas décidé vers sa fille, toujours agrippée à Barconi. Elle la prit par le bras, et avant de faire demi-tour leva les yeux vers celui qu'on accusait d'avoir tué son père. Ils ne restèrent ainsi face à face qu'un bref instant, mais leur regard n'échappa à personne. Puis, attirant à elle sa fille qui pleurait, Marie rentra chez elle et claqua la porte. Angelo monta dans la voiture de Gasquet, qui démarra. Les gendarmes de Pleaux montèrent la garde jusqu'à la tombée de la nuit afin d'assurer l'ordre, comme le leur avait demandé le maire. La double porte du bistrot étant fermée, les visiteurs passaient par la cuisine pour se rendre sans un mot dans la chambre du fond. Puis, avant de repartir, ils embrassaient tout le monde. Louise proposait une tasse de café aux parents les plus proches.

Martin, que la mort de son beau-père avait placé au rang de maître de maison, se tenait à sa place, derrière le comptoir. Il ne décolérait pas depuis que sa fille avait couru vers Barconi. Il avait voulu la sermonner, mais sa belle-mère l'avait arrêté. « Ce n'est pas la peine d'en rajouter ! » lui avait dit la vieille femme en passant près de lui.

Le lendemain, le fossoyeur et le garde champêtre entreprirent d'ouvrir le caveau des Marlhac, très vieille famille de Malvent. Au bistrot, entre deux visites, Louise s'occupait des comptes de son mari. Albin avait la mauvaise habitude de faire crédit à ses clients, et elle ne laisserait pas la moindre créance impayée. Cette tâche l'occupait tant qu'elle avait oublié de revêtir la robe noire des veuves.

Martin la remplaçait auprès des visiteurs, et s'indignait avec eux de la sauvagerie du meurtre. Tous s'accordaient pour reconnaître à Albin quantité de défauts, mais il ne méritait pas une fin si horrible. Marie restait dans la cuisine. Comme il n'y avait pas d'autre restaurant pour faire manger les employés de l'électricité, Louise avait décidé de continuer à les servir. Elle avait pris cette décision en soupirant très fort, pour montrer que cela lui demanderait un effort considérable. En réalité, elle ne voulait pas laisser passer une bonne rentrée d'argent. Les ouvriers furent très discrets. Ils mangèrent en silence, ne laissant entendre que le bruit de leurs fourchettes et de leurs couteaux. À la fin du repas, ils ne s'attardèrent pas au bar, comme ils le faisaient d'ordinaire.

La petite Jeanne allait d'une pièce à l'autre, évitant la chambre du mort. Son père lui avait interdit de jouer avec ses poupées, elle n'avait le droit que de lire son livre de lecture ou de faire ses devoirs. Elle n'avait pas conscience que son grand-père partait pour toujours. Elle avait la certitude qu'elle le reverrait bientôt, aussi grognon et la main toujours prête à s'abattre en une gifle qui laisserait sur sa joue des traces rouges. Parce qu'elle était « en deuil », comme le disait sa grand-mère, la gamine n'était pas allée à l'école et trouvait le temps long. Elle pensait également à Pinard, seul dans la forge glaciale, le vieux Pinard qui peinait à marcher et à qui personne n'apporterait à manger. Louise n'avait jamais voulu d'animaux dans la maison parce qu'il fallait les nourrir, et aussi à cause des clients. « Les chiens ont leurs têtes, avait-elle expliqué à la fillette. Ils mordent ceux qu'ils n'aiment pas, et nous, ici, on doit accueillir tout le monde. »

L'après-midi, les gendarmes vinrent s'assurer que le village était calme. Ils firent halte au bistrot, où ils annoncèrent à Martin que l'accusé était têtu, mais qu'il finirait bien par avouer et y laisserait sa tête. Martin sourit : en mourant, son beau-père l'avait débarrassé d'un rival contre lequel il n'avait aucune arme.

Les gendarmes partis, le curé et le menuisier entrèrent dans le bistrot. Bonnière s'assit dans la cuisine, entre le fourneau et la table. Louise se plaça en face de lui : c'était elle qui commandait et discutait les prix. Sans un mot, Marcel Manoche passa dans la chambre du mort pour prendre les mesures. Connaissant l'aisance de la maison, il proposa un cercueil en beau chêne de dix ans de séchage, mais Louise décida que le sapin, beaucoup moins cher, suffirait largement. De même, elle n'était pas sûre que la messe chantée d'un enterrement de première classe soit bien nécessaire. Dieu n'avait pas besoin de tout ça pour juger ceux qu'il accueillait. C'était même mettre en doute son sens de la justice que de chercher à l'influencer. Elle décida donc qu'Albin aurait préféré un enterrement ordinaire.

Debout près de la cuisinière, Marie semblait absente. De temps en temps, le curé lui jetait un bref regard. Il aurait aimé l'entendre en confession, mais préférait attendre que le mort ait pris sa place définitive au cimetière. Et que la justice ait désigné un criminel car, malgré ses insinuations, il n'était pas certain que Barconi soit coupable.

Jeanne avait demandé la permission d'aller prendre l'air dans la petite rue devant la boulangerie. Son père l'y avait autorisée, tout en lui recommandant de ne pas faire de bruit, de ne pas jouer, de marcher avec retenue, comme cela se faisait quand on était « en deuil ». La fillette avait accepté et était sortie avec l'envie de crier, tant l'atmosphère de la maison l'oppressait. Elle se faufila jusqu'au sentier entre les potagers, qui permettait d'éviter l'espace sur lequel donnaient toutes les portes et les fenêtres, de passer derrière l'église et de rejoindre le chemin de la tour. Le vent était toujours plus fort, mais le bruit était devenu si habituel qu'on ne l'entendait plus. Il s'était incrusté dans les esprits comme un caillou dans une chaussure. Il agaçait, rendait irritable. Pourtant, lorsque le vent cessait un instant, le silence semblait monstrueux. Quelque chose manquait, comme de l'air dans une salle trop bien fermée.

Jeanne contourna l'église et s'enfonça dans le bosquet. Elle ignorait la signification du mot « mort ». Elle avait vu son grand-père après sa toilette, son visage apaisé, presque souriant, comme endormi. C'était sûrement ça, mourir : dormir en plein jour, avant de se relever. Albin serait bientôt sur pied.

Imaginer Angelo avec aux poignets les gros bracelets brillants reliés par une chaîne lui était insupportable. Elle n'aurait su dire pourquoi elle l'aimait. Près de lui, elle avait l'impression que rien ne pouvait lui arriver. Elle s'aventura dans le chemin qui descendait doucement jusqu'au promontoire sur lequel se dressait la tour. Quand elle était petite, ses promenades avec sa mère la conduisaient souvent là. Elles s'arrêtaient devant la forge et sa petite maison. La main de Marie écrasait la sienne, et elle n'osait pas protester. Puis elles partaient très vite, comme si c'était une faute grave d'être venues jusque-là.

Lorsque Jeanne s'arrêta devant la forge, elle avait donc conscience de faire une grosse bêtise. La porte était restée entrebâillée ; la fillette s'étonna une nouvelle fois de la taille du soufflet et de la perche permettant de l'actionner. Un gros marteau et des pinces énormes étaient posés près de l'enclume, dont la forme l'amusa. Tout à coup, elle entendit un bruit, un léger gémissement. Couché sur de vieux vêtements, Pinard la regardait de ses grands yeux larmoyants, le corps agité de tremblements.

— Pinard… Qu'est-ce qui te prend ? Tu es malade ?

Le chien voulut lécher la main tendue de la fillette, mais il n'avait pas la force de lever la tête.

— Tu as soif ? demanda la gamine, qui se précipita dehors pour aller chercher de l'eau dans une vieille casserole à la fontaine au pied de la tour.

Elle posa le récipient devant le vieux chien, qui se dressa lentement sur ses pattes tremblantes, huma le liquide et secoua la tête. Il se recoucha. Jeanne lui caressa le museau.

— Qu'est-ce que tu veux ? Tu as faim ?

La fillette chercha de quoi lui donner à manger, mais ne trouva rien. Elle allait repartir quand son regard fut attiré par une valise ouverte posée en retrait de l'enclume, à côté d'un tas de socs de charrue. La curiosité l'emporta sur la peur de se faire surprendre. Sur des vêtements pliés, une pile de papiers était disposé en bon ordre. Jeanne savait lire, et cet avantage sur beaucoup d'adultes lui conférait un pouvoir dont elle ressentait toute la portée lorsque le vieux Léon Mialet lui demandait ce qui était écrit sur son journal. Elle prit la première feuille, recula vers la fenêtre et lut :

Verdun, 8 décembre 1916

J'éprouve le besoin de t'écrire, même si je ne donne jamais mes lettres au vaguemestre. Depuis combien de temps sommes-nous là, terrés dans les tranchées à piétiner dans la boue et sur le corps des camarades ? Il fait très froid, et nous ne pouvons tenir le coup qu'avec la gnôle qu'on nous distribue largement et qui donne de terribles maux d'estomac. Je n'en peux plus. Je sais que la mort m'attend, d'un instant à l'autre. Et je pense à toi. Je t'aime plus que tout. J'ai des nouvelles du pays par Armand Marge-

ride. Sa femme lui écrit par l'intermédiaire d'Endrieux. Bien sûr, les lettres ne parlent jamais de toi, mais je sais que ton père t'a forcée à te marier et que notre fille est née. Hier, lors d'une attaque à découvert, une balle a frappé le petit porte-monnaie que tu m'as donné. Les pièces qui étaient à l'intérieur l'ont arrêtée, et c'est à elles que je dois la vie. Tout cela a un sens. Je pense beaucoup à mes parents, ma pauvre mère morte si loin de chez elle, mon père que j'ai abandonné et qui est mort sans que personne ne pense à le secourir. Si je ressors vivant de cet enfer, je reviendrai à Malvent. Pour toi qui m'as sauvé la vie, et pour ceux qui me l'ont donnée.

Jeanne laissa échapper la lettre qui lui brûlait les mains. Elle regarda la tour grise sous le soleil froid, puis ramassa la feuille. Un bruit venait de l'alerter que quelqu'un arrivait. Elle sortit précipitamment et courut se cacher derrière la tour. De là, elle pouvait voir le chemin qui montait jusqu'à la fontaine creusée dans un coin, entre les rochers. Pierre arrivait, les mains dans les poches.

Mise en confiance, Jeanne courut au-devant du jeune homme. Au village, ils ne se parlaient pas ou très peu ; ici, ils découvraient le lien qui les unissait. Pierre lui sourit.

— Tu sais que ta mère te cherche?

— J'étais montée voir Pinard. Le pauvre est malade, il tremble.

Pierre sourit. Il entra dans la forge et se pencha sur le chien.

— Il a soif, dit le jeune homme, mais pas d'eau.

Il sortit, passa dans la maison et revint presque aussitôt avec une bouteille. L'animal en huma l'odeur et se mit à japper. Pierre vida la casserole et y versa du vin. Pinard se mit à laper bruyamment. Jeanne n'en revenait pas: c'était la première fois qu'elle voyait un chien boire du vin.

— Il a fait la guerre, tu comprends?

Jeanne courut au village sans prendre la moindre précaution. Elle contourna l'église, entra chez elle par la cuisine. Sa mère était seule, elle lui jeta un regard plein de soupçons. D'où venait-elle? Marie l'avait cherchée pendant près d'une heure. La fillette prétendit qu'elle était allée se promener. Sa mère la prit par le bras et la secoua pour lui faire avouer la vérité. Une feuille de papier glissa de la poche de son tablier. Marie la ramassa et demanda :

— Où as-tu trouvé ça ?

Jeanne avoua alors qu'elle était montée à la tour pour voir le chien d'Angelo. Elle avait trouvé cette lettre sur un tas de papiers, et jura ne pas l'avoir lue. Marie l'expédia dans sa chambre. Enfin seule, les doigts tremblants, la jeune femme déplia la feuille et la parcourut du regard, puis ouvrit la porte du foyer et la jeta au feu. Elle se tourna vers sa mère, qui entrait. Louise la regarda d'un air soupçonneux.

— Qu'est-ce qui t'arrive encore ?

— Rien, répondit Marie en remettant du bois dans le foyer de la cuisinière.

Le brigadier Mangein entra avec deux autres gendarmes. Louise les accueillit sans un mot, par de simples gestes, comme cela se faisait dans la maison d'un mort. Ils devaient assister à la mise en bière et profitèrent de l'occasion pour commander un verre de vin blanc qu'ils ne pensèrent pas à payer. Marcel Manoche arriva avec son apprenti, muni d'une caisse à outils. Le vieux menuisier affichait un air fermé et grave, de circonstance. C'est à lui que revenait le triste privilège de fabriquer les cercueils de la commune, et d'y enfermer des morts qui étaient souvent ses amis. Il lui semblait s'amputer d'une partie de lui-même. Il salua les gendarmes, Martin, Louise et Marie, puis passa dans la chambre, examina les lieux, poussa une commode et disposa deux chaises près du lit.

— On va le mettre là, décida-t-il.

Marcel et son apprenti allèrent chercher le cercueil, qui sentait le vernis, et le déposèrent sur les sièges. En sa qualité d'unique homme de la maison et donc de chef de famille, Martin avait fait rouler son fauteuil entre l'armoire et la commode, là où il gênait le moins. Les gendarmes se tenaient à la porte. Marie entra en donnant la main à Jeanne, et se faufila jusqu'à Martin. La fillette baissa la tête, soudain consciente que son grand-père ne dormait pas; la pâleur et la rigidité de son visage la terrorisèrent. Des sanglots commencèrent à soulever ses épaules, et tout le monde fut sensible à ce chagrin d'enfant sans arrière-pensée. Puis le curé et sa sœur arrivèrent. Bonnière récita la prière des morts ; sa sœur murmurait, les mains jointes. Enfin, le prêtre prit le goupillon et bénit le corps en récitant une incantation en latin, que répétèrent maladroitement Louise et Marie.

Enfin, dans la pièce encombrée, le menuisier se tourna vers Martin.

— On est prêts ! dit-il.

L'assemblée demeura longuement silencieuse et recueillie. Albin semblait paisible. Le sang avait été nettoyé, ses cheveux avaient retrouvé leur blancheur, sa blessure à la tête ne se remarquait pas.

— Embrasse ton grand-père ! dit Louise en poussant Jeanne vers le lit.

Terrorisée, la fillette regarda autour d'elle, à la recherche de quelque secours. Sa mère ne broncha pas. Comme Jeanne ne se décidait pas, Louise, la prit par les épaules la poussa vers le visage impassible.

— Il faut que tu lui dises au revoir, insista le curé. Il part pour un long voyage.

Contrainte, la petite fille se pencha sur cette figure qui lui faisait horreur. Elle n'embrassait jamais son grand-père quand il était vivant, et ce geste lui semblait au-dessus de ses forces. La peur l'étreignait. Elle redoutait que le contact avec cette peau grise la transforme à son tour, l'emporte dans ce monde des morts qu'elle craignait tout à coup. Poussée par Louise, elle posa ses lèvres sur la joue froide et eut l'impression de toucher une salamandre, un monstre repoussant. Elle se redressa vivement et alla se blottir contre sa mère.

À son tour, Louise embrassa le défunt, puis Marie. Martin s'approcha, posa sa main sur le front froid, et fit signe au menuisier qu'il pouvait faire son travail.

— Prions pour Albin, que Dieu s'apprête à accueillir dans son paradis, dit le curé en joignant les mains.

Marcel se plaça à la tête du lit et prit le mort à bras-le-corps. L'apprenti le souleva par les pieds. Albin était raide comme du bois, mais lourd. Les deux hommes réussirent toutefois à le placer dans le cercueil. Quand il fut bien positionné, ils soulevèrent le couvercle, le présentèrent à sa place, et Marcel jeta une nouvelle fois un regard interrogateur à Martin, qui acquiesça. Tout le monde quitta la pièce encombrée. Depuis la salle commune, où

Marie servait du vin chaud, on entendit les coups de marteau qui marquaient la fin d'une époque florissante pour le bistrot de la place. Albin parti, Martin aurait-il assez de caractère pour mener l'entreprise ?

Gustave arriva de la carrière et se mit en colère lorsqu'il apprit qu'on ne l'avait pas attendu pour la mise en bière.

L'enterrement eut lieu le lendemain à neuf heures. Une foule importante se pressait sur la place et devant l'église, dont on avait ouvert les portes en grand. Anselme Chambon avait revêtu son uniforme de garde champêtre et allait de groupe en groupe. Il y avait surtout des femmes, des vieux, des blessés et des éclopés ou des hommes défigurés cachant leur visage ravagé sous un grand chapeau, comme Joseph Lemerre, qui avait retardé sa tournée pour assister aux obsèques de son voisin. Les protestations contre la lenteur de la justice fusaient. Barconi avait été arrêté depuis trois jours, et les gendarmes n'avaient toujours pas réussi à lui faire avouer son crime. Gustave évoquait les méthodes qui sauraient sûrement délier la langue des plus durs, et souriait en imaginant les souffrances que le coupable pourrait endurer. Le maire était là, avec sa femme au regard perdu et ses domestiques. Il allait et venait, demandant de la retenue et insistant sur la confiance que tout le monde devait avoir en la justice.

À l'heure dite, le curé sortit de l'église avec deux enfants de chœur portant l'un la croix, l'autre l'eau bénite. Les cloches sonnaient, un tintement régulier et entêtant. Bonnière entra dans le bistrot, où Martin, la veste de costume de travers et la cravate mal nouée, l'accueillit d'une poignée de mains silencieuse. Le prêtre bénit une nouvelle fois le cercueil puis quatre porteurs, deux neveux, un cousin et Gustave, prirent chacun une poignée.

Ils durent s'y reprendre à plusieurs fois pour traverser la salle commune encombrée de chaises et de tables. Sur la place, les hommes se découvrirent, et l'on n'entendit plus que les bruits de pas sur le gravier. Le cortège entra dans l'église. Il fallut laisser les portes ouvertes car il n'y avait pas assez de place à l'intérieur : Albin était connu dans tout le pays pour la qualité de ses pierres. C'était un homme respecté, qui parlait juste et faisait crédit.

Devant, au premier rang, Marie donnait la main à sa fille. Louise se tenait à côté de Martin, puis venaient les deux sœurs d'Albin, leurs maris, une vieille tante qui approchait les quatre-vingt-dix ans et Gustave, qui avait tenu à se trouver là pour mieux remercier celui qui l'avait sauvé après la perte de ses moutons. Dans sa robe noire, Louise était impassible. Sa figure figée sous le voile de crêpe ne trahissait aucun sentiment. On la craignait parce qu'elle était perspicace et parlait franchement. Son avarice faisait dire qu'elle n'aimait personne, que son bas de laine avait pris la place de son cœur. On admirait pourtant son aplomb, son courage face à la mort inattendue et injuste de son époux.

Marie affichait la même retenue. Des regards sévères pesaient sur elle : le crime de l'étranger était un peu le sien, car elle en était l'enjeu et devait se réjouir du châtiment infligé à son père, qui avait brisé sa vie. Ce qui était certain, c'est que la famille Marlhac ne se relèverait pas de ce deuil. Albin tenait son monde d'une poigne de fer. Désormais, privé de chef, son clan allait vers des jours difficiles, et personne ne le plaignait : l'aisance du bistrot suscitait bien des jalousies. Chacun attendait l'avenir avec délectation, espérant en secret quelque nouveau malheur.

Marie ne pouvait pas croire qu'Angelo avait tué son père. Le crime avait été commis par quelqu'un d'ici, qui se trouvait probablement dans cette église et laissait croupir en prison un innocent. Elle regarda discrètement Martin ; il semblait absorbé par la prière. Le boulet du devoir ! Il gagnait sur toute la ligne. La mort de son beau-père faisait de lui le chef de famille. Sans lui, rien ne pourrait se décider. Marie pensa qu'il n'était peut-être pas aussi innocent que son attitude recueillie voulait le faire croire. Il en faisait trop pour cacher sa jubilation.

À la fin de la cérémonie, les gens défilèrent devant le cercueil. Puis le cortège se forma pour se diriger vers le nouveau cimetière, à deux cents mètres, à la sortie du village, sur la route de Pleaux. L'actuel maire avait donné une parcelle de terrain pour l'établir là-bas. L'été dernier, Albin avait fait transporter son caveau familial de l'ancien emplacement au nouveau, avec les restes de ses ancêtres, et tout le monde s'en était étonné. En marchant derrière sa dépouille, les gens se demandèrent si le pauvre carrier n'avait pas eu l'intuition qu'il ne tarderait pas à les rejoindre.

Le cercueil fut posé devant le caveau ouvert. Le curé le bénit de nouveau, puis la foule se recueillit pour un dernier hommage au disparu, avant de prendre par groupes le chemin de la sortie. Au portail, Louise, Marie, Martin et la petite Jeanne embrassèrent les gens qui repartaient. Louise se dit que l'heure du repas approchait et que les ouvriers ne tarderaient pas. Marie avait tout préparé ; il n'y aurait qu'à réchauffer.

Comme midi sonnait au clocher, la veuve s'esquiva sans rien dire et courut chez elle. Peu de temps après, Marie la rejoignit et le bistrot reprit ses allures habituelles. Le mort était enterré, il était temps de boire à son souvenir et de raconter les histoires qui avaient marqué son existence. Beaucoup de paysans venus des communes voisines, souvent à pied, demandèrent à casser la croûte avant de partir. Avec les ouvriers de l'électricité, la salle commune se trouva aussi remplie qu'un jour de foire. Louise dut demander à Jeanne d'aller chercher la jeune Léa, qui venait parfois donner un coup de main. Le deuil commençait par une bonne affaire.

Les employés de l'électricité mangèrent rapidement et repartirent au travail. Les autres étaient moins pressés. Venus des collines voisines, ils n'avaient pas souvent l'occasion de sortir de chez eux et s'attardaient. La mort particulière de ce pauvre Albin nourrissait les conversations, et les hypothèses les plus folles naissaient des esprits débridés. Personne ne connaissait les détails du drame, mais l'imagination allait bon train. Et c'était à qui raconterait l'anecdote la plus improbable sur l'étranger qui priait le diable à la place de Dieu et brûlait du soufre dans sa forge.

Vers quatre heures de l'après-midi, bien éméchés, les derniers amis de ce pauvre Albin sortirent du bistrot en parlant fort et en montrant le poing à la tour. Si Barconi avait été là, ils auraient su faire justice. Mais Barconi était en prison à Aurillac et y resterait jusqu'à ce qu'on lui coupe la tête. Cette pensée les mit en joie, et ils mimèrent le sifflement de la guillotine. Gaston Luberrat, le plus âgé du groupe, revenu de la guerre avec un trou dans la poitrine où, disait-on, il pouvait enfoncer le poing, menait la bande avec Lucien Mantot, qui avait été gazé à Verdun, et Germain Renaud, à qui il manquait une main. Au milieu de la place, ne sachant plus quelle direction prendre, ils restèrent un long moment à bavarder bruyamment près de la fontaine. Tout à coup, Luberrat tendit le bras vers le chemin menant à la tour. Un vieux chien titubant, tirant la langue, avançait péniblement. L'animal s'arrêta un instant lorsqu'il vit les hommes, puis reprit sa route incertaine à travers la place.

— Tu ne le connais pas, celui-là ? demanda Gaston à Lucien.

Mantot ayant la vue assez basse, il mit sa main sur son front pour se protéger de la lumière.

— Non, je ne l'ai jamais vu par ici !

— C'est le chien de Barconi, son vieux chien qu'il a ramené d'on ne sait où. C'est le diable !

— Ah oui ! fit Mantot. Je sais. On dit qu'il boit plus de vin qu'un artilleur !

Ils éclatèrent de rire et s'approchèrent de l'animal, qui s'était arrêté au milieu de la place et les regardait de ses grands yeux tristes. Ses oreilles de chien de chasse pendaient, molles, ajoutant quelque chose de pitoyable à son aspect de vieil animal décrépit.

— Tu dis que c'est le diable ? s'étonna Gaston. Franchement, c'est sûrement vrai. Pour que le Barconi ait ramené de si loin une charogne pareille, il faut qu'il soit important !

— On va lui montrer qu'il ne nous fait pas peur ! ajouta Germain Renaud en s'emparant de l'animal, qui ne chercha pas à s'enfuir. Moi, je propose qu'on lui coupe les oreilles en pointe !

— Ça, ce n'est pas une mauvaise idée, répliqua Gaston Luberrat en sortant un couteau de sa poche. Tenez-le. On va en faire un joli diable.

Ils n'eurent pas de mal à immobiliser l'animal, qui se mit à gémir tel un enfant qui souffre. Les tortionnaires s'esclaffèrent lorsque Gaston saisit une oreille, la souleva et en trancha la moitié d'un grand coup de couteau. Le sang coulait sur ses mains, chaud et sirupeux. Les hurlements de Pinard s'entendaient sûrement dans les maisons voisines, mais personne ne sortit, pas même le garde champêtre, dont le marteau frappait en cadence le cuir d'une paire de bottes que le maire lui avait commandée. La place, d'ordinaire toujours fréquentée par les bigotes qui se rendaient à l'église ou des gens qui allaient et venaient, était déserte. Seuls les chiens étaient sortis et faisaient un raffut assourdissant, mais personne ne les rappela.

Sans ménagement, de grosses mains de paysans habituées à tenir l'outil immobilisèrent de nouveau la tête de Pinard, et Gaston trancha la deuxième oreille.

— C'est qu'elle nous asperge de sang, cette bestiole malfaisante ! On va la laver. Elle va boire ! Elle qui n'aime que le vin, pour une fois, elle aura de l'eau, ricana Lucien Mantot.

Gaston approcha du bassin le chien qui ne cherchait plus à se libérer et poussait des cris plaintifs. Il plongea dans l'eau qui rougit immédiatement la tête sanglante de l'animal et l'y retint. Les autres, attroupés, riaient des convulsions de ce vieux corps qui se noyait. Au bout d'un moment, Gaston lâcha prise et le chien sortit la tête, toussant et geignant. Une fois libéré, Pinard tenta de se remettre sur ses pattes, mais roula sur le côté. Son tortionnaire s'étrangla de rire.

— Le Barconi va être guillotiné, c'est très bien. Mais le diable, on ne peut pas le laisser comme ça. Il faut qu'il retourne en enfer ! proposa Lucien, qui avait toujours de l'imagination.

— Tu as raison, répondit Germain Renaud. On va lui couper ce que le diable aime échauffer chez les hommes pour leur faire faire des bêtises !

Il renversa Pinard tandis que les autres le maîtrisaient. Luberrat, son couteau sanguinolent dans une main, saisit de l'autre les testicules du chien.

— Les couilles du diable, dit Mantot en ricanant, on dirait des gousses d'ail !

Le couteau trancha, mais l'hongreur dut s'y reprendre à plus d'une fois pour couper les peaux qui roulaient sur la lame. Le chien hurlait d'une voix qui n'était plus celle d'un animal, mais celle d'un homme torturé. Luberrat montra triomphalement un paquet de chairs dégoulinantes. Les autres riaient et multipliaient les remarques grivoises. Pinard, le corps secoué de hoquets comme s'il sanglotait, gisait dans une flaque de sang. La tête sur le pavé, il regardait ses tortionnaires avec des yeux tristes et sans haine.

Germain Renaud courut à sa carriole, attelée à son âne qui attendait paisiblement près du bistrot. Il fouilla dans la sacoche attachée près de son siège et en revint avec une corde.

— Ça ira, dit-il en faisant un nœud coulant qu'il passa autour du cou de Pinard.

Il tira sur la corde et traîna le vieux chien jusqu'au tilleul.

De la boulangerie, Pierre assistait à la scène et trépignait de ne pas pouvoir intervenir ; la boulangère le retenait.

— N'y va pas, tu sais qu'ils ne sont pas malins quand ils ont bu !

Le jeune homme n'en pouvait plus de voir torturer cette pauvre bête. Il courut à la poste et demanda à Agnès d'envoyer un télégramme aux gendarmes. La postière fit un geste fataliste.

— Qu'est-ce que tu veux qu'ils fassent, les gendarmes ?

— Qu'ils arrêtent ces monstres !

Pierre était dans un tel état qu'Agnès redouta comme Joséphine qu'il n'aille chercher querelle à Luberrat, assez ivre et excité pour lui faire subir un sort semblable à celui du chien. Pour cette raison, elle le fit patienter en télégraphiant à la gendarmerie de Pleaux ce qui se passait. Elle voulait surtout gagner du temps, espérant que les tortionnaires s'en iraient bientôt. Pierre trépignait d'impatience.

— Reste là, je te dis !

— Mais je ne peux pas les laisser faire ! hurla l'adolescent.

— C'est l'affaire des gendarmes. Tu crois qu'on n'a pas assez d'un mort ?

Cette parole retint le jeune garçon, qui avait sous les yeux la preuve que Luberrat et Mantot étaient violents, surtout quand ils avaient bu. La réponse des gendarmes arriva enfin. Agnès jeta un regard sur la place : le groupe s'était dispersé en riant très fort.

— Les gendarmes disent qu'ils ont autre chose à faire que de s'occuper d'un vieux chien.

Pierre monta sur la place déserte, où il trouva Pinard pendu à une branche maîtresse du tilleul, ses pattes inertes dans le vide. Le gamin poussa un cri déchirant, qui fut entendu. Le garde champêtre avait probablement terminé sa paire de bottes. Il sortit et fit mine de découvrir le chien.

— Il faut bien que jeunesse se passe ! dit-il en souriant.

Pierre grimpa à l'arbre, défit le nœud de la corde et laissa glisser le cadavre jusqu'au sol.

— Va m'enterrer cette charogne, lui ordonna le garde champêtre.

Marie avait assisté à la mise à mort du chien depuis la cuisine. Lorsque les tortionnaires eurent terminé leur besogne et ri abondamment des contorsions de leur victime pendue, ils décidèrent d'aller boire un dernier verre. Louise les arrêta à la porte.

— Rentrez chez vous ! Vous êtes complètement saouls. Vous me faites honte !

Gaston insista : le bistrot était un commerce et elle n'avait pas le droit de leur en interdire l'accès. Mais la veuve claqua la porte et la ferma à clef. Après avoir crié des injures, les hommes s'éloignèrent. Marie achevait le nettoyage des fourneaux. Son père était enterré depuis quelques heures seulement, et la maison avait repris ses habitudes.

Martin avait lavé la vaisselle dans la grande bassine, puis l'avait essuyée. Dans la salle commune flottait encore une odeur inhabituelle, celle de la mort, de l'encens, du vernis du cercueil. Le silence dans la pièce que Louise balayait fit prendre conscience au jeune homme que son beau-père ne lui ferait plus d'ombre et ne le traiterait jamais plus de fainéant. Il leva les yeux au plafond. Le bruit lointain de la mitraille qui le harcelait au moindre silence s'imposa à son esprit, et tout à coup une chose fut très claire pour lui : il n'était pas revenu pour supporter une femme méprisante à son égard, mais pour être payé de son sacrifice. Dieu, en qui il croyait depuis qu'il se considérait comme un miraculé, avait décidé de le récompenser : s'il avait été la risée du village en épousant la jeune Marlhac quand personne n'ignorait qu'il n'était pas le père de Jeanne – à qui il avait pourtant donné son nom –, s'il avait supporté les moqueries des clients avinés, les allusions à la peau sombre de la fillette, l'heure des comptes avait sonné.

Le lendemain matin, au lever du jour, Gustave entra dans le bistrot et trouva Martin dans la salle commune, en train de ranger ses paquets de tabac sur l'étagère.

— Un client de Mauriac vient chercher sa commande ce matin. À qui je dois parler ? À toi où à Louise ?

— À moi, répondit Martin sur un ton qui se voulait autoritaire. Depuis quand c'est les femmes qui commandent ?

— Je ne sais pas comment c'est ici, mais si tu veux voir des femmes qui commandent je peux t'en montrer. Donc Rossot vient chercher ce qu'il nous a demandé. Qu'est-ce que je fais, il me paie moi ou je lui dis de passer vous voir ?

Martin jeta un regard plein de soupçons à Gustave, debout en face de lui. Le nouveau chef de famille ne l'avait invité ni à s'asseoir ni à boire un coup afin de lui faire sentir qu'il n'était qu'un ouvrier.

— Dis-lui de venir me voir. C'est moi qui vais m'occuper de la carrière.

— Faut peut-être que j'en parle à Louise ?

— Pas la peine, je te dis.

Gustave adressa à Martin un regard incrédule : comment un handicapé pourrait-il s'occuper de la carrière ? En plus, il ignorait de toute évidence les prix pratiqués par son beau-père. Le patron disparu, Gustave avait bien l'intention de s'imposer comme gérant de l'entreprise, et Martin, avec son besoin de jouer au patron, se montrait humiliant à son égard.

— Tu connais les prix ?

Martin comprit qu'il devait se montrer moins directif.

— Tu n'auras qu'à faire les factures toi-même. Je te fais confiance !

Le ton employé par Martin ne plut pas à Gustave, qui n'avait pas oublié le temps où le futur époux était encore l'aîné de six enfants au hameau du Tronchet et où il n'avait pas de quoi se faire confectionner un costume pour son mariage. Orgueilleux, le petit homme avait du mal à recevoir les ordres d'un bougre qui devait sa place au seul fait d'avoir donné son nom à la fille d'un autre. Il réagit vivement.

— Je crois qu'il va falloir qu'on s'explique, tous les deux. Et s'il n'y a pas moyen qu'on s'entende, je te planterai avec ta carrière et toutes les pierres qu'il y a dedans !

— Qu'est-ce que tu veux dire? demanda Martin, qui comprenait très bien où Gustave voulait en venir.

— Je m'entends.

Louise arriva pour mettre le couvert sur la table des ouvriers, et se tourna vers le vieil homme afin de faire savoir qu'elle e plaçait de son côté.

— Qu'est-ce qui ne va pas?

— Tout va bien, répondit Martin. On vient de mettre les choses au clair pour la carrière.

— Je me demande bien ce que vous avez pu mettre au clair, répliqua la vieille femme d'une voix pleine de reproche, vous ne connaissez pas le travail de la pierre...

Elle n'ajouta rien et repartit vers la cuisine. Gustave quitta le bistrot, laissant à Martin tout le loisir de constater que la partie serait plus difficile qu'il ne l'avait imaginé. Louise voulait elle aussi occuper la place laissée par Albin, et elle avait pour le faire des armes autrement affûtées que les siennes à lui. Le gendre se prit alors à regretter le bon ordre établi par le beau-père. Au moins, chacun restait où il devait être.

Le soir, le souper fut réduit à un potage et à du fromage. Martin passa dans la cuisine et trouva Jeanne en pleurs. On l'avait envoyée à l'école avec un brassard noir afin de montrer qu'elle était en deuil. Elle venait d'apprendre que Pinard était mort et se lamentait sur cette pauvre bête qu'on avait tant fait souffrir. Martin lui répliqua autoritairement qu'il ne s'agissait que d'un chien de criminel, et qu'il ne méritait pas qu'on le plaigne. Jeanne courut dans sa chambre. Louise lança à son gendre un regard méchant. Pourquoi parlait-il de la sorte? Sa maladresse était le fruit d'un incroyable manque de jugeote. Marie posa son torchon pour aller rejoindre sa fille. Elle revint un instant plus tard avec elle.

— Va embrasser ton père, lui ordonna-t-elle. Quand il parle, tu n'as pas à te rebiffer. La prochaine fois, tu seras punie.

Reniflant et frottant ses yeux rouges, Jeanne s'approcha à contrecœur de Martin et posa un rapide baiser sur sa joue barbue. Il en fut si heureux qu'il ne put retenir un élan d'affection.

— Quand on m'a sorti de sous les pierres, avec mes jambes cassées, j'étais dans le coma.

Je me suis réveillé dans une tente où on mettait les mourants, et alors c'est à toi que j'ai pensé, ma Jeannette.

Louise n'approuvait pas ce genre de propos, dont elle ne retenait que la mièvrerie et le besoin de se faire valoir. Elle se contenta de serrer les lèvres, prête pour la guerre de succession. Le reste du repas fut silencieux. Marie ne dit pas un mot. Martin cherchait un moyen de s'imposer comme l'homme de la maison, usant d'ordres brefs, réclamant le sel ou le poivre d'un geste qui se voulait impératif.

Après avoir débarrassé les quatre assiettes, rangé le fromage et le pain, Louise alla fermer la porte d'entrée et se dirigea vers l'escalier.

— En avril, le jour se lève tôt, dit-elle. La vie continue. Nous nous devons d'aller au bout du chemin que Dieu a tracé pour nous. Il est l'heure d'aller dormir et de prier.

Jeanne embrassa ses parents et se retira dans sa chambre. Restés seuls, Martin et Marie ne se décidaient pas à aller se coucher. L'après-midi, les gendarmes étaient revenus. Ils avaient laissé leur voiture sur la place et étaient montés dans le chemin de la tour.

Marie avait pensé que c'était à cause du chien, mais ils ne s'étaient pas préoccupés de la corde que Pierre avait oubliée sur le rebord de la fontaine. Lorsqu'il les avait aperçus, le garde champêtre était allé à leur rencontre, mais le brigadier Mangein lui avait signifié qu'il n'avait pas besoin de lui. Les gendarmes étaient restés un peu plus d'une heure, puis s'en étaient allés sans un mot. Qu'est-ce que cela signifiait ? Angelo avait-il avoué le meurtre d'Albin ? Non, ce n'était pas possible ! Il n'était pas coupable. Alors, qui avait fracassé le crâne du carrier avec un galet ? Qui s'était mis sur les mains le sang d'un honnête homme et demeurait bien tranquillement chez lui ? Marie jeta un œil à la pendule, alluma la lanterne et se dirigea vers la remise.

— Qu'est-ce qui te prend, ce soir ? Tu ne viens pas te coucher ?

— J'arrive. Mais avant il faut que je regarde ce qu'il nous reste. Depuis plusieurs jours je ne tiens plus le compte des réserves, et on pourrait se trouver à court.

Martin aurait aimé accompagner sa femme, mais deux marches lui interdisaient l'accès à la remise. Il fit donc passer sa chaise dans la salle commune plongée dans le noir. Sa main trouva la bouteille de gnôle à sa place, sous le comptoir. Ce soir, le grand blessé avait besoin de se donner de l'assurance.

Marie ouvrit la porte sur la rue et s'attarda à regarder la nuit. La lune n'était pas encore levée ; du ciel étoilé tombait un froid vif aiguisé par le vent. La tour émettait son bruit ordinaire, ne laissant aucune place aux signes nocturnes du printemps : appel du hibou, longues plaintes des hulottes près de la Dordogne, glapissements du renard... Marie ne put s'empêcher de penser à de semblables soirées, onze ans plus tôt. Angelo l'attendait au bas de la rue, derrière la boulangerie. Il était grand et fort pour son âge. Le travail de la forge, le maniement du lourd marteau et des pinces lui avaient donné de larges épaules et des bras robustes au creux desquels elle était heureuse. Et sa voix quand il chantait *Le Temps des cerises* ! Plus ces doux souvenirs remontaient à la surface, plus le quotidien pesait lourd. Marie regrettait d'avoir éconduit Angelo, tout en sachant qu'il n'y avait pas d'autre solution. Elle aurait mieux fait de se blottir contre lui une dernière fois pour lui demander de partir loin de Malvent...

Une dernière fois, pour combler le vide sans espoir d'une existence guidée par le devoir et le renoncement.

L'avenir était incertain. Quelques jours plus tôt, qui aurait pu dire qu'Albin serait assassiné près de la rivière ? Martin pouvait disparaître lui aussi, et la laisser enfin libre d'aller vers son amour. Elle secoua la tête, comme prise d'une sorte de dégoût d'elle-même. Comment pouvait-elle espérer – car il s'agissait bien d'espoir, quoique terriblement coupable – que Martin meure ? Comment pouvait-elle oser sacrifier à son propre désir un homme qui, héros malgré lui, avait donné ses deux jambes à la France ?

Le froid la saisit. Elle s'étonna que Pierre ne soit pas encore arrivé. D'ordinaire, l'après-midi, il partait chez lui donner un coup de main à sa mère, puis revenait vers neuf ou dix heures pour dormir un peu avant de reprendre le travail. Les mauvaises langues racontaient qu'il préférait dormir à la boulangerie plutôt que chez lui, parce que la boulangère le berçait…

L'esprit ailleurs, Marie ne se décidait pas à faire l'inventaire de ses provisions. Un grincement de frein l'avertit enfin que l'adolescent arrivait. Elle lui fit signe.

— Bien le bonsoir, lui dit Pierre. Il fait vraiment très froid. On n'en sortira pas, cette année !

Dans la pénombre se dessinaient la silhouette de la jeune femme, la forme de son visage plutôt rond, la lueur de ses yeux. Il la trouvait belle, mais d'une beauté distante, sans la générosité, la vie palpitante de la boulangère, qui suscitait en lui tant de désirs coupables…

— J'ai quelque chose à te dire. Entre et ne fais pas de bruit, Martin a l'oreille fine.

Étonné par tant de précautions, le garçon posa son vélo contre le mur et pénétra dans la pièce, dont une lanterne accrochée à une poutre révélait l'encombrement. Marie s'approcha si près de lui qu'il en fut gêné et se sentit rougir.

— Si tu sais quelque chose, il faut le dire aux gendarmes.

— J'ai attrapé une grosse truite qu'on a fait cuire avec Angelo et mangée tous les deux. Ensuite, je suis redescendu pour relever les autres filets. J'ai entendu du bruit, mais je n'ai vu personne.

— Si tu mentais, tu comprends bien que tu serais coupable toi aussi ? insista Marie en s'approchant un peu plus du garçon, qui tenta de reculer et manqua tomber lorsque son pied buta sur un cageot. Il faut que tu l'aides. Sinon, tu sais ce qui lui arrivera ?

Pierre sentait sur son visage le souffle chaud de la jeune femme. Il était si mal à l'aise que les pensées se brouillaient dans son esprit.

— Quand j'ai entendu les cris j'ai vu quelqu'un courir, mais c'était entre les buissons et les rochers. C'était un petit homme, un peu gros, qui soufflait très fort. Ce n'était pas Angelo. C'est sûr.

— Et tu ne l'as pas reconnu ?

— Non, mentit l'adolescent, qui préférait ne pas explorer le fond de sa pensée.

Marie décrocha de son clou la lanterne et la plaça devant le visage du jeune homme, qui baissa la tête.

— Il faut que tu parles, tu m'entends ? Sinon ils couperont la tête à Angelo !

Pierre fit une grimace et sortit sans rien ajouter. Marie revint dans la cuisine puis passa dans sa chambre, la lanterne à la main. Martin l'attendait dans le noir, assis sur son lit.

— Mais qu'est-ce qui te prend, ce soir? lui demanda sa femme. Tu ne peux pas dormir?

— Non, je ne peux pas dormir parce que tu n'es pas avec moi. La place d'une femme, c'est avec son mari, dans le lit de son mari, dit ce dernier d'une voix résolument autoritaire, mais sans la moindre assurance.

Marie se plaça sous la lampe et le regarda droit dans les yeux.

— On ne parle pas de ces choses-là dans une maison en deuil!

— Franchement, c'est pas les larmes que toi et ta mère avez versées qui vont vous empêcher de pisser!

— Arrête! Tu as trop bu, une fois de plus!

— Je bois si je veux! Le patron, c'est moi! Ton père n'est plus là pour me dire que je ne suis un bon à rien. Alors viens avec moi et ne fais pas de manières!

Marie prit un air horrifié, qu'elle alla cacher dans le coin où elle se déshabillait d'habitude pour dissimuler sa nudité. Elle éteignit la lanterne. Ses soupçons se confirmaient, elle demanda:

— Dis-moi la vérité : tu sais qui a tué mon père ?

Il y eut un silence, et elle crut que Martin allait craquer.

— Celui qui l'a tué m'a rendu service.

— Comment tu oses parler ainsi ?

Elle monta dans son lit et tira la couverture sur ses épaules. Le sommier de Martin craqua.

— Et lui, comment il me traitait ? Le bon à rien par-ci, l'ivrogne par-là ! Et devant les clients ! Moi qui ai payé si cher la liberté de tous !

— Il ne faut plus lui en vouloir. Mon père n'était tendre avec personne !

Une main se posa sur sa poitrine. Martin avait réussi à s'approcher sans bruit et se laissa tomber de tout son poids sur Marie qui, surprise, poussa un petit cri, puis se débattit.

— Qu'est-ce qui te prend ?

— Il me prend que je suis le patron, répéta Martin en pesant sur le corps de sa femme.

Elle se débattit vivement et parvint à faire rouler l'infirme hors de son lit. Il tomba sur le plancher froid avec un bruit qui résonna dans toute la maison.

— Tu me le paieras! dit-il au comble de la colère. Je te jure que tu me le paieras!

Pierre n'avait pas voulu dire à Marie ce qu'il avait vu au bord de la Dordogne, parce que c'était monstrueux. Ses yeux l'auraient-ils trompé? Il n'avait pas le droit d'accuser quelqu'un qui n'y était peut-être pour rien. Il entra dans la boulangerie et gagna près du fournil la petite chambre que sa patronne mettait à sa disposition. C'était un réduit de cinq mètres carrés à peine, mais il s'y sentait bien l'hiver, car la chaleur du four y maintenait une température agréable et reposante.

Pourtant, ce soir-là, il ne dormit pas. Il passa ses trois heures de repos les yeux ouverts sur le noir. La démarche de Marie l'avait profondément bouleversé. Elle lui avait parlé comme à un allié. Et il prenait toute la mesure de son propre silence, qui pouvait conduire à la guillotine le seul ami de son père.

Vers une heure du matin, Jean Leroy vint frapper à sa porte. L'adolescent se leva prestement et rejoignit son maître dans le fournil. Il était temps de pétrir la première fournée et de chauffer le four. C'était le travail de

Pierre, et il ne rechignait pas à la tâche. Le boulanger lui avait appris à brasser la pâte, à lui insuffler l'air indispensable pour qu'elle lève et devienne ce pain léger qui avait fait la renommée de la boulangerie Leroy depuis Arsène, le grand-père, en passant par Baptiste, le père, et maintenant lui, Jean, qui n'avait pas d'héritier.

— Mais qu'est-ce qui te prend, ce soir ? Tu traînes à rentrer les fagots, ce n'est pas dans tes habitudes !

Pierre ne pouvait s'empêcher de penser à ce que lui avait dit Marie ; il fallait qu'il raconte à quelqu'un ce qu'il avait vu, quelqu'un en qui il pouvait avoir pleinement confiance. À plusieurs reprises, Jean le regarda discrètement, et se méprit sur les raisons de la nonchalance de son employé. Ce garçon en faisait trop : au lieu de se reposer, il passait ses après-midi à accomplir de pénibles travaux dans la ferme de sa mère, puis revenait le soir au fournil exténué. Le boulanger était sensible au dévouement de son mitron, c'est pourquoi il s'emportait rarement contre lui.

Toute la nuit, Pierre dut travailler avec ses préoccupations, et il ne parvint pas à être aussi efficace que d'habitude. Toutefois, peu après sept heures, les trois fournées étaient cuites. Il en restait encore une, que le jeune homme assurerait seul pendant que Jean ferait sa tournée dans les villages voisins. Comme les bras manquaient depuis la guerre, beaucoup de paysans avaient pris l'habitude d'acheter leur pain au lieu de le cuire eux-mêmes. Ils payaient avec de la farine. Jean Leroy n'étant pas très gourmand, tout le monde y trouvait son compte.

Les deux hommes cassèrent la croûte avant la tournée. Joséphine leur avait préparé un bouillon de légumes et une omelette au jambon. Jean s'en servit une grosse part et tendit le plat à Pierre.

— C'est tout ce que tu manges ? s'étonna la boulangère. Qu'est-ce qui t'arrive, tu es malade ?

— Je ne sais pas. Je n'ai pas faim. Je vais prendre un peu l'air, ça ira mieux après.

— Va, dit Joséphine. Je te garde quelque chose sur le coin de la cuisinière.

Le garçon sortit. Les cloches sonnaient la fin de la messe du matin. Plusieurs vieilles femmes quittaient l'église et regagnaient dans le froid leurs maisons. C'étaient toujours les mêmes : la mère Manoche, qui ne manquait pas un office et priait pour le retour de ses petits-fils, auquel elle persistait à croire, la Valentine Marguot, une vieille fille acariâtre qui se disputait avec tout le monde, et le vieux Jacquard, tellement bossu que son menton touchait terre. Il disait que Dieu l'avait sauvé de la noyade dans la Dordogne, et depuis il le remerciait chaque jour en allant prier, malgré les deux kilomètres qu'il devait parcourir à pied.

Pierre se cacha dans un coin en attendant que les derniers fidèles soient sortis puis se glissa dans l'église. Le curé était en train de se changer dans la sacristie. Lorsqu'il vit le jeune homme, un pressentiment anima son large visage taillé de profondes rides. Pierre ne venait pas souvent le voir, il était donc là pour quelque chose d'important.

— Qu'est-ce que tu me veux ? demanda Bonnière sans cesser de boutonner sa soutane.

— Il faut que je vous parle !

— Ah bon, répondit le vieux sourd, qui n'avait rien entendu.

Il lisait sur les lèvres ; cela donnait aux gens l'illusion qu'il entendait comme tout le monde, mais dans la pénombre de la sacristie il n'avait pas pu entrevoir un traître mot de ce que lui avait dit le jeune Margeride.

— Viens par ici, dit le curé en tirant Pierre vers la porte.

Le jour s'était levé. Clair, il découpait nettement sur le ciel la tour des Barconi. Le bruit du vent était toujours aussi désagréable, mais des modulations transformaient le son d'habitude uniforme en une mélodie triste.

— Redis-moi ce que tu veux.

— Il faut que je vous parle. C'est très important.

Bonnière avait placé le garçon face à la fenêtre et regardait bouger ses lèvres.

— Je t'écoute.

— Ce n'est pas honnête de ne pas dire ce que je sais. Voilà, quand on a tué ce pauvre Albin, j'étais au bord de la Dordogne, comme je l'ai dit aux gendarmes. Je relevais mes filets. J'ai dit qu'Angelo était chez lui et que ce ne pouvait pas être lui le meurtrier. Mais ce n'est pas tout.

— Ah bon ?

— Quand j'ai entendu les cris, je suis parti en courant parce que je ne voulais pas qu'on me surprenne en train de braconner, et j'ai vu quelqu'un qui s'enfuyait. Et ce quelqu'un ce n'était pas Angelo. C'était un petit homme rond que tout le monde connaît par ici.

Le curé prit un air intrigué.

— Dis-le-moi, mais à voix très basse, pour que le Bon Dieu ne l'entende pas.

Pierre s'approcha de l'oreille du curé, qui recula.

— Non, parle-moi en face, mais très bas.

Margeride murmura le nom de l'homme qu'il avait cru voir, si bas que personne n'aurait pu l'entendre. Le curé le lut dans le mouvement de sa bouche et n'en fut pas étonné, car il connaissait le fond du cœur de chacun.

— Surtout, n'en parle à personne, dit-il pourtant au garçon. Tu as cru voir cet homme, mais méfie-toi, Barconi est le fils du diable ; il a su te tromper. Va vite, je suis sûr qu'on te cherche, et surtout cesse de regarder la boulangère comme tu le fais, c'est un péché.

Pierre rougit et sortit prestement de l'église. Il regrettait d'avoir confié son secret au curé, dont la réaction était pleine de parti pris.

Bonnière détestait Angelo et souhaitait le voir condamner. Il souhaitait que l'adolescent se retranche dans un silence qui ressemblait à s'y méprendre à un mensonge. Ce que le garçon savait déjà se confirmait : le curé était un homme ordinaire, et passablement malhonnête.

Le vent du nord soufflait depuis presque un mois. L'exaspération était à son comble. La neige restait dans les fossés, et le ciel d'un bleu de métal n'avait pas la légèreté vaporeuse des ciels de printemps.

— C'est bien la première fois que je vois ça ! râlait Béroudeau. On arrive à la fin avril, et les jonquilles n'ont toujours pas fleuri !

Joseph Lemerre, qui arpentait les chemins toute la journée, s'étonnait de ne pas surprendre les oiseaux la brindille au bec, occupés à construire leurs nids. Le pivert, qui d'ordinaire faisait entendre son éclat de rire dès la fin mars, se taisait. Chaque année, c'est Joseph qui annonçait la première hirondelle et le chant du coucou. Il aurait été vexé qu'un autre découvre avant lui ces manifestations d'une saison annoncée. Aussi descendait-il de sa bicyclette pour arpenter plus lentement les chemins et prendre le temps d'observer et d'écouter.

Tout était détraqué. Les poules ne couvaient pas, et les jeunes agneaux tremblaient de froid. La saison des semis de céréales était déjà bien avancée, et le soc de la charrue sonnait sur la terre gelée. Sur les sentiers les gens désœuvrés ruminaient leur révolte. Quelle faute monstrueuse avaient-ils commise ? Après quatre années de guerre où les femmes et les vieux s'étaient éreintés à la tâche, ils n'en pouvaient plus d'attendre et arpentaient leurs champs si pentus que les anciens y avaient construit des murets de pierres sèches pour en retenir la terre.

Le curé n'avait jamais vu autant de monde à l'office du dimanche. Il prêchait la patience et la confiance en Dieu, mais on l'écoutait de moins en moins. La détresse soufflait à ceux dont la survie dépendait de la terre et des saisons des pensées insidieuses et des envies d'en découdre avec les forces qui les empêchaient de vivre paisiblement dans la paix enfin revenue. Désireux de canaliser le ressentiment, Bonnière décida de dire une messe pour le retour du printemps. Afin de donner plus de solennité à l'événement, il le fixa au milieu de l'après-midi, un jeudi, ce qui obligea les fermiers des hameaux voisins à interrompre leurs travaux pour se rendre à l'église. Pour le vieux prélat, ce sacrifice avait un sens et ne pouvait qu'influencer favorablement un Dieu de miséricorde.

Albin enterré, le bistrot avait rapidement repris ses activités quotidiennes. Les colporteurs s'y arrêtaient ; les paysans venus au village acheter leur tabac prenaient le temps de boire un verre et d'échanger les nouvelles.

Marie accomplissait son travail à la cuisine, murée dans un silence dont Louise connaissait le sens. Elle suivait de près les devoirs de sa fille car elle-même était allée à l'école jusqu'au certificat d'études, qu'elle avait obtenu avec les félicitations du jury. Elle la faisait donc travailler et lire, puis s'enfermait de nouveau dans un mutisme que Martin ne supportait plus. Depuis la remise, où elle recevait chaque matin les livraisons de ses fournisseurs, elle surveillait la boulangerie, mais ne se montrait pas lorsque le jeune Pierre en sortait et enfourchait son vélo pour se rendre chez sa mère. La jeune femme était certaine que l'adolescent ne lui avait pas dit tout ce qu'il savait, et personne ne chercherait à en savoir davantage. La condamnation d'Angelo rétablirait un ordre favorable au curé, qui ne cessait de fustiger ces hommes de l'ombre, ennemis d'une parole divine dont il n'était pas permis de douter. Elle n'avait plus aucun espoir. Elle demeurerait ainsi toute sa vie, recluse dans sa maison natale, attachée à un mari qui se faisait plus insistant chaque soir et la menaçait même d'aller raconter au curé qu'elle se refusait à lui, car son attitude était un péché. Marie lui répondait alors que tant qu'il y était il n'avait qu'à aller le crier sur la place, et pour le moment cela suffisait à le faire taire. Mais qu'en serait-il de l'avenir ? La pensée d'Angelo les obsédait l'un et l'autre. La jeune femme était persuadée que son époux avait pris part à l'assassinat d'Albin, et Martin souffrait de voir à quel point sa femme était encore éprise de son premier amant. « S'ils le relâchent, c'est toi que je tuerai », promettait-il.

Elle ne répondait pas à de telles menaces, qu'elle ne prenait pas au sérieux. Le blessé noyait son chagrin dans sa bouteille de gnôle, qu'il vidait de plus en plus vite. Une fois ivre, les larmes lui montaient aux yeux, et il parlait comme un enfant qui cherche à se faire plaindre : « Tu ne peux pas savoir combien j'ai souffert, pleurait-il. J'aurais préféré mourir qu'endurer cette douleur. Un jour, j'ai demandé à un camarade de me tirer une balle dans la tempe tellement j'avais mal aux jambes. Et puis j'ai pensé à Jeanne et à toi, alors je lui ai dit que ma souffrance n'était rien à côté du bonheur que j'aurais à vous retrouver. »

Si, lorsque Martin lui parlait ainsi, Marie se sentait coupable, sa répulsion était toujours la plus forte. Et souvent, le soir, pour couper court aux conversations de la chambre, elle se réfugiait auprès de Jeanne et s'allongeait contre son corps chaud. Sa fille ouvrait les yeux dans son sommeil et posait un baiser sur la joue froide de sa mère.

Le jeudi 19 avril, vers trois heures de l'après-midi, les gens commencèrent à se rassembler sur la place de l'église pour la messe en faveur du printemps. Ils arrivaient des hameaux voisins sur leur carriole tirée par un âne, par un cheval pour les plus riches, ou à pied pour les plus pauvres. Alfred Endrieux ne croyait pas en ces pratiques d'un autre temps mais avait accepté de libérer ses élèves deux heures plus tôt que d'habitude ; cela n'empêcherait pas les plus doués d'être reçus au certificat d'études. Quant aux autres, ils seraient toujours assez savants pour guider la charrue ! Fatigué par ses longues journées, l'instituteur était heureux d'avoir devant lui deux heures supplémentaires pour partir dans l'une de ses interminables promenades, car la messe ne l'intéressait pas. Il ne doutait pas que le printemps reviendrait un jour.

Le bistrot était plein à craquer ; les clients y commandaient à boire à pleine voix. Le soir, nombre d'entre eux rentreraient en titubant ou s'endormiraient dans le fossé. Tout en vidant des verres de piquette, ils évoquaient le pauvre Albin, toujours si présent dans cette maison, et Angelo Barconi, dont on n'avait aucune nouvelle. Certains s'étonnaient qu'on ne l'ait pas encore pendu. Tous étaient d'accord pour déplorer la lenteur de la justice.

Lorsque les cloches sonnèrent, tous se ruèrent vers l'église, le chapeau ou la casquette à la main, de nouveau sérieux, humbles et prêts à tout promettre pour pouvoir commencer enfin les travaux de la saison. Le curé quitta la sacristie, suivi de ses quatre enfants de chœur. La Curette, qui commandait les filles de la chorale, donna le signal du premier chant.

Bonnière se tourna vers la foule serrée. L'heure de l'office n'étant pas habituelle, personne ne se sentait à sa place. Aux yeux du vieux sourd, l'aspect extraordinaire de l'événement lui conférait une importance capitale, qui influencerait favorablement le juge céleste.

— Mes frères, commença-t-il, nous sommes ici réunis pour demander à Dieu de faire cesser ce temps qui détruit nos espoirs de moissons. Mais nous devons le faire avec humilité, et surtout en pensant à nos péchés. Car Dieu n'agit pas de gaieté de cœur, non, il est terriblement malheureux, mais il doit nous rappeler à nos devoirs. Son immense sagesse le conduit à cette extrémité parce qu'il doit agir aujourd'hui même, et pas demain. Demain, en effet, que serions-nous capables de faire ?

Il gravit les marches de l'autel et commença à réciter des prières en latin, suivi avec ferveur par une foule qui plaçait dans cette démarche ses derniers espoirs. Au moment du prêche, le vieil homme monta en chaire et attendit le silence total pour commencer.

— Les événements de Malvent nous montrent bien que Dieu a eu raison de faire sonner sur nos têtes le bruit de l'enfer. Il nous a assez avertis, et nous n'avons pas été capables de l'entendre. Il nous a fallu ce crime odieux pour mesurer toute l'ampleur de notre égarement. Nous avons laissé revenir ici les forces du Mal. Nous sommes restés passifs quand il aurait fallu chasser le représentant de Satan. Il se pourrait d'ailleurs que ce représentant soit considéré comme innocent du crime dont on l'accuse pourtant si justement : le diable a plus d'un tour dans son sac ! Aussi devons-nous tout faire pour apporter les preuves de sa culpabilité. C'est à ce prix et seulement à ce prix que Dieu nous pardonnera.

Au dernier rang, entre Joséphine et Jean, Pierre comprenait mieux que les autres le sens de ce discours : le curé faisait allusion à ce que le jeune garçon lui avait dit. Près de

Martin et de sa mère, Marie donnait la main à Jeanne. Lorsque Bonnière parla de celui que les gendarmes avaient arrêté, elle sentit bouillonner en elle une profonde révolte. À la fin de la messe, elle rejoignit en courant son bistrot, afin de ne pas laisser les regards s'attarder sur elle. Sa mère en fit autant, désireuse de servir au plus vite les premiers clients et de ne pas perdre une tournée.

Peu pressée, la foule s'attarda sur la place pour commenter les propos du curé. La question était de savoir comment Barconi pourrait être innocenté puisqu'on l'avait vu... Les gens avaient le sentiment qu'on était encore une fois en train de les rouler.

Lorsque la nuit tomba, la salle commune du bistrot était encore pleine de villageois. Pierre, qui n'était pas passé chez sa mère, sortit de la boulangerie, se dirigea vers la remise de Marie et se dissimula entre la poste et la grange de Marcilloux en attendant de voir arriver la jeune femme. Quand la lueur de la lanterne éclaira la fenêtre, le garçon frappa à la porte.

— Ah, c'est toi ? fit Marie, qui ne semblait pas du tout étonnée. Qu'est-ce que tu es allé raconter au curé ? Vu la manière dont il a parlé, il est certain qu'il en sait plus qu'il ne l'a dit…

— Je lui ai dit la vérité, mais il m'a répondu que le diable savait tromper les gens. Alors je ne sais plus ce que je dois faire.

— Il faut que tu en parles aux gendarmes ! Ce serait une faute très grave que de laisser condamner un innocent. Pense à ton père, il aimait Angelo ! Pour lui, tu ne peux pas te taire.

Le garçon poussa un long soupir et s'en alla sans rien ajouter. Il avait entendu ce qu'il voulait ; il n'en était pas rassuré pour autant. Son amour et son admiration pour son père le poussaient vers Angelo, mais comment pourrait-il donner aux gendarmes le nom du meurtrier alors qu'il finissait lui-même par en douter ? C'était pire que s'il devait se dénoncer lui-même. Il rentra dans sa petite chambre et, une fois encore, ne trouva pas le sommeil pendant les trois heures qui précédèrent sa dure nuit de travail.

Joseph Lemerre passa boire son premier verre de blanc chez Marie, puis partit pour sa tournée. Il marcha d'un bon pas dans la descente menant vers la mairie et s'arrêta à la grande maison du maire, qu'il avait ordre de servir en premier. Les garçons de chais travaillaient déjà à charger le camion qui allait livrer les clients. La voiture automobile, la seule de la commune, était sortie ; M. Geoffroy Blanc avait donc l'intention de se rendre en ville. Mais le gros homme voulait parcourir les nouvelles du journal avant de partir.

Il offrit le traditionnel verre de vin au facteur, qui comme toujours se mit de profil pour boire, afin de ne pas exposer la partie endommagée de sa figure. Geoffroy Blanc se lamentait sur le mauvais temps tout en tournant les grandes pages du quotidien, qui faisaient le bruit d'une pluie sur des feuilles de noyer. Une servante desservait la table. Mme Blanc arriva et demanda au facteur si tout allait bien au village.

— Ça irait mieux si on n'essayait pas encore de leur monter le coup !

— Pourquoi veux-tu qu'on leur monte le coup ?

— La manière dont le curé a parlé ne rassure personne !

Lemerre n'avait pas le temps de s'attarder dans chaque maison, mais chez le maire il se devait d'être poli. Il ne refusa pas le second verre de vin, le but prestement, s'essuya les lèvres avec la manche de sa belle veste de préposé et sortit.

Debout au milieu de la pièce, Geoffroy Blanc tenait toujours le journal ouvert devant lui. Généralement, il lisait à haute voix et tout le monde en profitait. Ce matin, lorsqu'il eut parcouru les gros titres de la première page, il tomba sur un article qui l'arrêta.

— Ça, c'est pas banal ! fit-il en levant ses gros yeux rouges sur sa femme.

— Quoi ? demanda Eva, qui en dehors de ses crises de désespoir était très sensée. Tant qu'il n'y a pas de guerre, toutes les nouvelles sont bonnes !

— Écoute ça : *Du nouveau à Malvent. On se souvient de l'horrible assassinat d'Albin Marlhac sur les bords de la Dordogne. L'enquête des gendarmes avait conduit à l'arrestation de M. Angelo Barconi, récemment revenu au village, et qui avait eu des différends avec la victime. Le relevé et l'analyse des nombreuses empreintes aussi bien sur le corps du carrier que sur la pierre ayant servi à le tuer prouveraient l'innocence de Barconi. Les gendarmes envisagent de prélever les empreintes de tous les gens du bourg en vue de démasquer le coupable.*

— Tous les gens du bourg ? s'inquiéta Mme Blanc. Ils ne vont quand même pas t'humilier toi ?

— Je ne suis pas différent des autres !

— Et si tu as les mêmes empreintes que le criminel, tu vas te laisser arrêter et emprisonner ? Moi, je pense que ce sont de mauvaises manières ! Les gendarmes disent qu'il n'y a pas deux empreintes semblables, mais qu'est-ce qu'ils en savent ?

Le maire replia son journal et sortit. Il était temps pour lui de vérifier le chargement du camion et de s'occuper de ses affaires. Il projetait également de se rendre à la mairie.

La nouvelle que M. Blanc avait lue dans le journal fit rapidement le tour du village. Une fois de plus, les gens se rassemblèrent sur la place pour commenter ce qui leur semblait incroyable.

À la boulangerie, ce fut Joséphine qui en parla en premier.

— Tu sais ce que vient de m'apprendre l'Odette Guérin ? demanda-t-elle en entrant dans le fournil, où son mari et Pierre préparaient la dernière fournée de la journée. Il paraît que ce n'est pas Angelo Barconi qui a tué Albin. Ce ne sont pas ses empreintes sur le caillou et les vêtements !

Pierre leva des yeux ravis sur la boulangère. À présent, il était certain de ne pas s'être trompé. Que devait-il faire ? Parler aux gendarmes ou continuer à se taire ?

— Les gendarmes vont prendre les empreintes de tout le monde pour trouver le coupable !

— Je voudrais bien voir ça ! s'emporta le boulanger en se redressant. Je peux te dire qu'ils ne prendront pas les miennes, d'empreintes !

Le dimanche suivant, à la sortie de l'église, les paroissiens eurent la surprise de voir quatre gendarmes attendre près de leur voiture. Le maire alla les saluer, tandis que le garde champêtre montait sur son billot et roulait son tambour. Comme il avait du mal à lire, Léa, la fille de Béroudeau qui allait passer le certificat d'études, l'aidait à apprendre ses discours par cœur. Mais le pauvre homme avait parfois des trous de mémoire qui le laissaient muet sur son billot. Et, comme il ne savait pas reprendre au milieu d'une déclaration, il la recommençait plusieurs fois avant d'arriver à la déclamer correctement du début à la fin, sous les rires et les huées des villageois. Mais, ce dimanche, sa communication était si inhabituelle qu'à son grand étonnement il parvint à la débiter sans la moindre hésitation, d'une voix rapide et monocorde.

— Avis à la population ! La gendarmerie de Pleaux informe les habitants de Malvent qu'elle va effectuer un relevé des empreintes de tous les hommes valides de la commune âgés de plus de seize ans. Les personnes concernées devront se rendre à la mairie, où un fonctionnaire de police procédera à l'opération.

— L'opération ! s'écria Béroudeau en soulevant l'une de ses béquilles en direction des gendarmes. J'ai eu mon compte, ils ne sont pas près de me voir !

— Il a dit « tous les hommes valides », s'emporta Matthieu Courdon. Tu n'en es pas ?

Les protestations fusaient ; les gens avaient le sentiment que les autorités ne leur faisaient pas confiance et les prenaient tous pour des assassins. Ils ignoraient ce qu'étaient les empreintes digitales mais savaient que se livrer à la volonté des gendarmes faisait d'eux des coupables potentiels.

— Mes amis, intervint le maire, restez calmes ! Le brigadier Mangein a une communication très importante à vous faire. Je vous en prie, écoutez-le !

Quand Mangein s'avança vers le billot, sur lequel il ne monta pas, les bavardages cessèrent.

— Pardonnez-moi de vous rappeler les pénibles moments vécus récemment dans votre village, déclara-t-il après s'être raclé la gorge. Mais nous allons reprendre notre enquête du début, car le crime de Malvent est en train de rebondir.

— Qu'est-ce qu'il nous raconte ? fit Gustave, qui ne comprenait pas comment un crime pouvait rebondir.

— Ainsi, les empreintes que nous avions relevées sur les vêtements de la victime et de la pierre qui a tué M. Marlhac sont les mêmes. Et ce ne sont pas celles de Barconi.

Pierre applaudit. Joséphine le poussa du coude pour l'inciter à davantage de modération.

— Donc, poursuivit Mangein, nous sommes persuadés que M. Barconi n'est pour rien dans le meurtre de M. Marlhac.

Cette fois, une explosion de protestations s'éleva de la foule.

— Qu'est-ce qu'on veut nous faire croire ? s'exclama Guérin. On l'a vu frapper ce pauvre Albin !

— Certainement pas, répliqua Mangein. Sinon, ses empreintes seraient sur la pierre. Or nous avons trouvé celles de quelqu'un d'autre.

— Mais il ne va pas arrêter de nous monter le coup ? hurla Gustave à côté de Martin. Puisqu'on l'a vu !

— Qui l'a vu ? demanda le brigadier. Vous ? Que ceux qui ont vu Barconi frapper M. Marlhac lèvent la main.

Les gens se regardèrent, puis se tournèrent vers Gustave, qui ne s'attendait pas à une telle réplique.

— Si tu l'as vu, qu'est-ce que tu attends ? lui dit Martin.

— Mais je ne l'ai pas vu, répliqua vivement Milenas, embarrassé. Je répète ce que j'ai entendu !

— Donc, poursuivit Mangein, nous allons faire un relevé d'empreintes de tous les gens de la commune et des clients de M. Marlhac…

Cette fois, les protestations tournèrent à l'émeute. Les poings se levèrent en direction des gendarmes, qui faisaient face, prêts à arrêter les manifestants trop téméraires. Si le maire pensait lui aussi que le brigadier allait trop loin, il dut, bien malgré lui, se placer du côté des forces de l'ordre pour demander le silence.

— Nous allons procéder au relevé des empreintes des hommes valides de la commune, poursuivit Mangein, parce que la force avec laquelle la victime a été frappée exclut que le crime puisse être le fait d'une femme. Dimanche prochain, une équipe de spécialistes d'Aurillac vous attendra toute la journée à la mairie. Ça ne fait pas mal, il suffit de poser le pouce sur un tampon imbibé d'encre puis de l'appliquer sur une feuille de papier.

— Eh bien, on aura tout vu ! s'écria quelqu'un. Voilà qu'on nous prend pour des criminels et qu'on libère le coupable !

Le brigadier enjoignit aux gens de rentrer chez eux, et le maire essaya de tempérer l'animosité.

— Moi, ce que je peux vous dire, s'exclama une autre voix, c'est qu'on ne me prendra pas mes empreintes ! Je les garde !

— Moi, je suis d'accord pour pas les donner, intervint le vieux Marcel Manoche, réputé pour son bon sens. C'est pour le principe !

Mangein précisa que les personnes qui refuseraient de faire relever leurs empreintes seraient mises en garde à vue à la gendarmerie d'Aurillac, où le prélèvement se ferait par la force s'il le fallait. Les gens étaient abasourdis. Mais où allait-on ? Beaucoup allèrent ensuite exprimer librement leur colère au bistrot. Tandis que Louise et Marie servaient les verres, Martin faisait plus de bruit que les autres. Cette histoire d'empreintes ne le concernait pas, puisque avec sa chaise roulante il n'avait pas pu se rendre sur les lieux du crime. Mais cela lui permettait de jouer les fortes têtes.

— Même s'ils avaient voulu, je te promets qu'ils ne m'auraient pas touché ! affirmait-il, tout à la fois heureux et vexé d'échapper à cette obligation.

— Mais enfin qu'est-ce qu'ils vont chercher ? s'indigna Guérin. Les empreintes, comme ils disent, ça ne prouve rien !

— Il paraît que si, répliqua le garde champêtre sur un ton avisé. Personne n'a les mêmes.

— Qu'est-ce que tu en sais, toi ? Moi je crois qu'ils ont dit ça pour accuser un pauvre malheureux et libérer Barconi ! La voilà, la vérité. Le curé l'a bien dit que ces gens, ces… comment il a dit, ces… quelque chose comme des charpentiers…

— Des maçons, non ?

— Oui, que ces maçons s'entendent entre eux. Il a bien dit qu'ils voulaient brûler les églises !

— Alors voilà ce que je propose, cria Albert Graulhet, qui ne savait pas s'il devait ou non donner ses empreintes : on refuse. On ne va pas à la mairie. Ils seront obligés de nous emmener tous en garde à vue à Aurillac ; ça sera l'occasion d'une sortie !

Tout le monde applaudit.

— Tu passes la nouvelle dans toutes les maisons, ajouta-t-il à l'intention du facteur. Et puis on sera devant la mairie pour empêcher les trouillards d'entrer. Faut pas qu'ils nous prennent pour des cons !

Cette décision rassura tout le monde, et les verres se vidèrent avec plus d'entrain. Ils retrouvaient leur dignité. Ils ne céderaient pas, ne baisseraient pas la tête devant l'autorité, quelle qu'elle soit. Parce qu'ils venaient de la ville et étaient allés à l'école, ces gens d'Aurillac voulaient protéger l'un des leurs. Mais eux, les gens de Malvent, ils ne se laisseraient pas abuser ! On les prenait pour des enfants, des menteurs face à l'horrible crime ? Pourtant, quand il avait fallu se faire crever la paillasse à Verdun, on avait su leur dire que c'était leur liberté et leur pays qu'ils défendaient. Eh bien, en s'abstenant dimanche, ils défendraient encore cette liberté.

— Et surtout, qu'il ne s'avise pas de revenir ici, le Barconi, parce qu'on fera justice nous-mêmes ! s'écria Gustave.

Tout le monde l'applaudit aussitôt. Quand ils se séparèrent, Louise souriait : la recette était bonne. Martin, en fin de compte heureux d'échapper à la contrainte générale, avait bu un peu plus de gnôle que d'habitude. Placé d'office dans le camp de ceux qu'on ne pouvait pas soupçonner, il ne se privait pas pour commenter à sa manière l'intervention des policiers.

— Si ça se trouve on voit le criminel tous les jours ! dit-il à Marie, qui passa sans l'écouter. Si les gendarmes font ça, c'est qu'ils ont une idée !

Moi, je suis certain que Barconi leur a monté le coup, qu'il a bricolé ses empreintes pour qu'elles ressemblent à celles d'un autre !

Après avoir débarrassé la table, rangé la vaisselle, Marie passa dans la remise, sous l'habituel prétexte de faire l'inventaire et de préparer les menus du lendemain. Jeanne lisait près de la cuisinière, les pieds posés sur la porte abaissée du four chaud. Les lèvres pincées, Louise comptait sa caisse. Martin, à qui l'excès de gnôle donnait de l'audace, tenta de s'en mêler, mais sa belle-mère le remit à sa place. En tant que gendre, il ne pouvait rien attendre.

— À Malvent, le bistrot est une affaire de femmes depuis toujours !

Louise faisait allusion à sa propre mère, qui avait travaillé – et fait les comptes – jusqu'à son dernier souffle, alors qu'elle approchait des quatre-vingt-dix ans. La veuve d'Albin considérait toujours Martin comme un incapable, et lui rappelait au passage que son rôle s'était arrêté à donner son nom à Jeanne. Aussi en profita-t-il pour revenir sur ce qui l'obsédait depuis la mort de son beau-père et que la gnôle le poussait à exprimer chaque soir.

— Je vais m'occuper des affaires d'Albin, déclara-t-il en vidant un verre de plus. C'est à moi que ça revient.

Louise posa sur lui un regard dédaigneux, puis continua à empiler par dix les pièces et à poser les billets à côté. Elle avait appris de sa mère et de sa grand-mère que le travail n'était rien si on ne savait pas de quelle manière le faire fructifier.

— À part labourer, vous ne savez rien faire. Et, pour la carrière, Gustave connaît le prix de la pierre et ne ménage pas ses efforts.

— Il m'a proposé de l'acheter…

— Je ne vois pas pourquoi il vous a proposé ça à vous, s'étonna la vieille femme sur un ton de reproche, cette carrière ne vous appartient pas. Et puis, elle n'est pas à vendre.

Marie remonta de la remise, et envoya Jeanne au lit.

— Tu ne sais plus ce que tu dis ! fit-elle remarquer à son mari.

Le regard de Martin passa de Marie à Louise : il y avait trente ans de différence, mais les deux femmes se ressemblaient.

Malgré les effets de la gnôle, il se sentait incapable de prendre le dessus, de dominer mère et fille, qui la plupart du temps s'ignoraient mais s'entendaient toujours quand il le fallait. Son handicap n'était pour rien dans cette histoire. Il n'avait tout simplement pas l'assurance d'Albin qui, comme lui, avait un jour été le gendre de la maison, mais avait su s'imposer.

Il passa dans sa chambre et se déshabilla, assis sur son lit. Parfois, surtout quand il avait beaucoup bu, il avait la sensation que ses jambes retrouvaient des forces, et qu'il pourrait bientôt marcher. Quand il ne rêvait pas des tranchées, il se voyait traverser la place de Malvent, droit et fier, comme avant.

— Tu es contente, n'est-ce pas? grogna-t-il lorsque Marie le rejoignit. Ça ne te fait rien qu'on accuse tous les hommes du village?

Le silence de sa femme l'agaçait. Énervé par les propos de sa belle-mère, il poursuivit :

— Moi, je ne suis rien dans cette maison, même pas un domestique ! Tu crois que je vais supporter ça longtemps?

— Tu as trop bu.

— C'est ça ! N'oublie pas que le patron c'est quand même moi !

Mais l'alcool ne réveillait en lui que des rancœurs de surface. La souffrance lui avait donné une clairvoyance imparable. Il regrettait à présent plus que tout d'avoir cédé à l'illusion, d'avoir accepté le marché d'Albin. Il avait cru y gagner une situation confortable ; il avait seulement perdu l'estime de lui-même.

Il n'ajouta pas un mot et, à la seule force de ses bras, il se coucha. Ce silence soudain, cette absence de protestation toucha Marie, qui regretta de s'être emportée. Elle était sur le point de parler, de prononcer une parole de réconfort lorsqu'elle entendit un sanglot. Martin pleurait. Comme un enfant, la tête dans l'oreiller.

Le dimanche suivant, les Malventois se levèrent avant le soleil. Dès les premières lueurs de l'aube, Geoffroy Blanc vit passer les deux voitures des gendarmes. Elles s'arrêtèrent à la mairie, que l'instituteur avait ouverte en sa qualité de secrétaire. Le maire se prépara sans se préoccuper des recommandations de sa femme et sortit, oubliant son café chaud sur la table. Il parcourut d'un pas rapide les deux cents mètres le séparant de la mairie. Le garde champêtre arriva un instant plus tard, vêtu de son uniforme trop grand, la casquette posée sur ses oreilles décollées. Comme il n'y avait pas de pluie, il aida les gendarmes à disposer une table devant la porte. Endrieux présenta à Mangein la liste des hommes valides qu'il avait établie. Chacun devait apposer en face de son nom l'empreinte de son pouce. Deux gendarmes étaient chargés de vérifier les identités, comme pour une élection.

Pendant la nuit, le vent s'était renforcé, et la tour émettait son inlassable bruit aigre, qui déformait les pensées. Le maire proposa d'aller chercher de quoi casser la croûte ; personne ne refusa. Les premiers Malventois se faisaient attendre. Geoffroy Blanc découvrit vite pourquoi. La mairie étant située à l'extrémité du village, après une pente assez raide sur la petite route de Mauriac, les gendarmes n'avaient pas remarqué l'agitation sur la place : tous les hommes valides étaient là. Tracassés par la nécessité de « donner » leurs empreintes, ils avaient fort mal dormi et éprouvaient le besoin de se rassembler. Les premiers étaient arrivés vers six heures. Levée depuis un bon moment, Louise leur avait ouvert les portes du bistrot. Lorsque le maire arriva par la ruelle de la boulangerie, beaucoup parlaient déjà d'une voix forte due aux verres de piquette bus à jeun. Geoffroy Blanc tenta de leur expliquer que tout était prêt à l'école, que l'opération ne prendrait pas plus d'une minute et ne ferait pas mal, mais personne ne voulut l'entendre. Constatant le degré d'animosité, il n'insista pas, entra dans le bistrot bondé et commanda de quoi restaurer les gendarmes. Après son départ, un attroupement se forma près de la fontaine, autour de Graulhet et de Guérin, commerçants aisés, et donc écoutés.

— Ils n'ont pas à prendre nos empreintes, s'indignait le boucher. Ce serait salir l'honneur des honnêtes hommes que nous sommes. Nous devons refuser. Qu'ils nous mettent tous en prison ; on rigolera bien !

Gustave se mit à crier : c'était là une bonne décision. Les Malventois ne méritaient pas qu'on les prenne pour des bandits quand le véritable coupable allait être libéré. Une centaine de poitrines hurlèrent leur approbation. L'effet fut immédiat : tous les chiens se mirent à aboyer, comme pour approuver la décision de leurs maîtres. Dans la boucherie, Odette Guérin se débrouillait seule avec la viande à couper et maudissait la terre entière. Plutôt ronde, elle était réputée pour sa mauvaise humeur et son sens très spécial de l'accueil : les clients avaient toujours l'impression de l'importuner.

— Alors, on y va ! cria encore Gustave, qui se découvrait des qualités de meneur enthousiasmantes. On va devant la mairie, on leur dit qu'on refuse et qu'ils peuvent nous emmener tous en prison.

Ils partirent en chantant *La Marseillaise* pour témoigner de leur indéfectible patriotisme, de leur honneur de citoyens libres et de combattants victorieux. Au portail de l'école, la présence des gendarmes refroidit les premiers rangs, qui cessèrent de beugler ces paroles dont ils ignoraient le sens. Ayant très envie de se montrer, Gustave se plaça près de Graulhet, car ce dernier avait la réputation de dire sans détour le fond de la pensée, ce qui le rendait redoutable en pareille circonstance. Très droit, assez fier et rasé de près, le petit homme fit en effet un pas en avant en agitant la manche vide de sa veste. Il avait passé une partie de la nuit à préparer quelques phrases bien senties, mais ne s'en souvenait plus. Enfin, sur un ton plein d'assurance, il déclara :

— Nous refusons d'être déshonorés par l'administration française. Nous, combattants victorieux, n'acceptons pas d'être considérés comme des criminels !

Les gendarmes se tournèrent vers le brigadier ; il réfléchissait. Le maire tenta alors de donner l'exemple.

— Je vais passer le premier pour vous montrer que ce n'est rien du tout. Ensuite, notre garde champêtre fera de même. Vous allez voir.

Il s'approcha de la table, posa son pouce droit sur le tampon encreur et attendit, le doigt dressé, que le gendarme de service lui désigne sa case, où il imprima consciencieusement son empreinte. Puis il se tourna vers les Malventois, tout à coup silencieux.

— C'est fini. Vous voyez que ce n'est rien du tout !

Ne pouvant se soustraire à ses devoirs, le garde champêtre apposa à son tour son empreinte sur la feuille, puis alla se placer du côté des autorités.

— Vous voyez, trente secondes suffisent pour servir la justice. C'est le devoir de tous les citoyens, mais aussi des vaillants combattants que vous avez été.

Mis en verve par deux verres de vin blanc, Graulhet eut une repartie qui fit l'admiration de tous.

— C'est aussi le devoir de l'administration que de ne pas déshonorer les honnêtes gens ! Nous refusons.

Il avait conscience que le temps passait et qu'il devrait avoir regagné sa boutique avant la messe afin de prendre les commandes et de les préparer. Les autres ne bronchaient pas, malgré l'insistance du maire.

— Toi, Marcel, qui es un homme sensé, dit ce dernier au menuisier, montre-leur l'exemple.

— Non, répliqua Manoche, qui dépassait la foule d'une tête. C'est une mauvaise affaire qui va nous monter les uns contre les autres !

Le silence qui suivit les propos du vieil artisan si respecté avait plus de force encore que les vociférations.

— Nous sommes prêts, ajouta Graulhet avec une farouche détermination. Emmenez-nous en prison si c'est le prix de notre honneur.

Mangein était fort embêté. Il avait cru que le relevé d'empreintes serait une formalité et qu'il avait trouvé là la meilleure manière de pousser le coupable à se dévoiler. Au lieu d'une enquête rapide, il devrait perdre des journées entières à interroger les gens, à décortiquer la vie des uns et des autres. La tâche lui sembla si lourde qu'il ne savait plus par quel bout commencer. Aussi décida-t-il de tout remettre au lendemain. Comme les menaces seraient elles aussi inutiles, il se dit qu'en faisant vite il pourrait être chez lui pour le déjeuner.

— Il sera noté sur le dossier de chacun que vous avez refusé de servir la justice, déclara-t-il en s'approchant du portail. Vous en paierez les conséquences !

— On n'a jamais refusé de servir la France, lui répondit Graulhet en lui indiquant son moignon. Et on l'a payé assez cher pour qu'on nous parle autrement !

Approbation générale. Les bancals s'approchèrent, le facteur ôta son chapeau pour dévoiler son visage. N'avaient-ils pas enduré assez de souffrances ? Devaient-ils encore se retrouver du côté des malfrats dans leur propre village ? Les poings se levaient de nouveau.

— Foutez-nous la paix ! cria quelqu'un.

Le maire se tenait en retrait. Finalement, il partageait le point de vue de ces pauvres bougres, qui avaient payé bien cher une victoire dont ils ignoraient les tenants et aboutissants. Le souvenir de son fils dont il n'avait pas pu enterrer le corps dans le caveau de famille le poussait dans leur sens.

— Il faut les comprendre, dit-il en se tournant vers le brigadier.

— Vous croyez qu'ils ont vraiment besoin de faire tant de manières ? répliqua Mangein, hors de lui.

Les Malventois reprirent le chemin du village en chantant de nouveau *La Marseillaise*. Graulhet passa rapidement dans son magasin puis rejoignit les autres au bistrot. Guérin, qui ne décolérait pas depuis deux jours, se dit à son tour que la situation était assez grave pour qu'il délaisse un moment sa boutique. Manoche, d'ordinaire calme et avisé, estimait que les pouvoirs publics méritaient une leçon. Seul Leroy, qui avait envoyé Pierre enfourner les dernières tourtes, partit vendre son pain en sifflotant.

— Ils nous prennent pour des moins que rien! éructa Graulhet en portant à ses lèvres un verre de vin blanc. On ne peut pas leur pardonner ça!

Il ne se calmait pas.

— Ils veulent sauver Barconi parce qu'ils sont cul et chemise avec lui. Mais on ne se laissera pas faire! reprit quelqu'un d'autre.

Parce qu'il travaillait à la carrière et se sentait un peu chez lui au bistrot, Gustave jeta un regard à Martin, installé derrière le comptoir, puis prit à part Guérin et Graulhet.

— On va leur montrer qu'on ne recule pas devant leurs menaces! Après ce qu'on a supporté, la prison ne nous fait pas peur.

— L'Italien doit se frotter les mains! Il a monté tout ça pour nous écraser, renchérit le boucher, qui ne cessait de regarder la pendule, car les cloches ne tarderaient pas à sonner la fin de la grand-messe.

Martin avait manœuvré avec peine entre les tables et les clients pour s'approcher du petit groupe. Il ne voulait pas rester en retrait de la conjuration et se disait vexé de ne pas figurer sur la liste des meurtriers potentiels. N'était-il pas un homme comme les autres ? Et puis, tout ce qui touchait à Barconi le concernait.

— C'est le moment qu'on se serve de ta poudre à fusil ! dit Gustave à Graulhet. On a trop attendu ! Si ce pauvre Albin ne s'était pas fait tuer à coups de pierre, on l'aurait utilisée depuis longtemps !

— Faut pas leur laisser croire qu'on lâche prise, ajouta Martin.

— Leur tour, intervint Guérin, on va la réduire en miettes, justement parce que le préfet a interdit de la démolir.

— Ils veulent la guerre..., conclut Graulhet sur un ton menaçant. Ils vont l'avoir.

En milieu d'après-midi, un incident poussa à son comble l'exaspération générale. Le dimanche, les gens prenaient le temps de flâner, de bavarder. À la belle saison, c'était une grosse journée pour Marie et sa mère, car le bistrot ne désemplissait pas. Mais cette année, le froid retenait les badauds chez eux, et la place où parfois vieux et jeunes s'affrontaient aux quilles était déserte. Seuls les enfants se poursuivaient autour de la fontaine, et les petites filles sautaient dans les cases d'une marelle tracée sur les pavés avec du charbon de bois.

Vers trois heures de l'après-midi, un cri s'éleva de la ferme de Magrande, au-dessous de l'école. Magrande était revenu de la guerre presque entier. Des éclats d'obus logés dans son dos l'empêchaient de travailler comme auparavant, une balle lui avait emporté une oreille, une autre un genou, qui s'était remis de travers, et il boitait tant qu'il ne pouvait plus marcher toute la journée derrière sa charrue. Mais il continuait à s'occuper de sa ferme, trop petite aux terres trop maigres pour nourrir convenablement ses enfants. C'était un petit homme tout en nerfs, au visage animé de tics.

Il arriva sur la place en se traînant et en menaçant tout le monde, son fusil à la main. Il hurlait tel un fauve blessé à mort, son arme pointée en direction du vent.

— On va tous crever ! cria-t-il en tirant à plusieurs reprises.

Une pluie de plombs retomba sur le toit de Guérin, qui s'emporta contre le fou mais n'osa pas se montrer. Dans sa boutique, Chambon avait conscience que son devoir de garde champêtre l'appelait, pourtant il hésitait. Il connaissait Magrande ; son impulsivité pouvait le conduire aux pires extrémités.

Plusieurs personnes étaient sorties du bistrot et observaient le dément.

— Foutez le camp ou je vous descends comme des lapins ! hurla-t-il lorsqu'il les vit.

— Antoine, qu'est-ce qui vous prend ? lui cria Louise depuis la petite porte de sa cuisine.

— Je vais tuer tout le monde ! Et je me tuerai après !

Bonnière sortit de son jardin par le petit portail couvert de lierre.

— Vous, le curé, beugla Magrande, c'est vous que je tuerai en premier. Vos prières ne servent à rien ! La messe et tout le bazar, c'est surtout pour la quête, et pendant ce temps votre Dieu il se fout bien de notre gueule !

— Voyons, Antoine, répliqua le vieil homme en s'approchant du dément. Tu déparles.

— Ah, je déparle ? Le bruit, vous ne l'entendez pas parce que vous êtes sourd, mais moi je l'entends, et il me dit qu'on va tous crever parce que ce vent, il va souffler jusqu'à la saint-glinglin !

— Pose ton fusil ! répliqua Bonnière en haussant le ton.

Puis il marcha d'un pas décidé vers celui qui n'était pas un mauvais homme et n'avait pas l'intention de tuer quelqu'un. L'idée qu'à force viendrait un moment où il ne pourrait plus nourrir ses enfants l'avait plongé dans cette crise de désespoir. Et le sentiment que les gens haut placés se moquaient des pauvres, ce soupçon que les policiers faisaient planer sur des hommes meurtris dans leurs corps exaspéraient tout le monde. Et, si la colère éclatait vraiment, elle aurait des conséquences beaucoup plus graves que les larmes de ce pauvre Magrande, que le curé, s'attachait à calmer et à réconforter. Averti, le maire arriva dans sa voiture. Devant leurs portes, les villageois eurent alors tout le loisir d'observer le magnifique véhicule que jamais ils ne pourraient se payer, marque d'une très nette supériorité et, une fois encore, ils eurent l'impression qu'on les foulait au pied. Geoffroy Blanc s'employa à calmer Antoine, puis invita toute la famille au bistrot.

— C'est ma tournée, dit-il.

Mais Héloïse Magrande refusa d'entrer chez Louise, se sentant humiliée d'aller boire aux frais du maire après ce qui s'était passé. Cette vieille femme de quarante ans dont le corps avait été déformé par les couches successives et un rude travail quotidien ne pouvait souffrir qu'on lui fasse l'aumône. Elle savait que les nantis achetaient la paix et la passivité des pauvres pour qu'ils continuent de les servir sans jamais se rebiffer. Elle repartit donc sans rien dire, suivie de ses deux filles de quatorze et de douze ans qui rassemblèrent autour d'elles une troupe de petits garçons aussi mal vêtus les uns que les autres.

Pendant ce temps, Graulhet avait mis la main sur le sac de poudre à fusil. Ce qui venait de se passer ne pouvait que l'inciter à agir au plus vite. Vers cinq heures, il se rendit chez Gustave.

— Tu as un tonneau?

— J'en ai un bon qui me fera défaut, mais puisqu'il faut le donner...

— On t'en trouvera un autre. Ça vaut le coup, tu sais.

Une heure plus tard, Léon Mialet s'étonna de voir passer sur la place Milenas et sa brouette chargée d'un magnifique tonneau.

— Où tu vas, le Gustave ? s'étonna-t-il. C'est pas par là, le marchand de vin !

— C'est pour la carrière. Je n'ai pas d'eau et je suis obligé d'aller boire à la fontaine plus bas. Ça me fait perdre du temps.

Il poursuivit sa route, prit le chemin de la carrière et bifurqua vers la tour. Guérin l'attendait ; il avait eu le temps d'inspecter les bâtiments, la maison d'habitation à la porte close et la forge attenante. Il s'était approché de la tour, et ce qu'il y avait découvert l'avait laissé perplexe.

— Viens voir, dit-il à Gustave.

Ils gravirent le sentier entre les ronciers taillés pour dégager le passage. Une odeur de bois de sapin fraîchement coupé flottait dans l'air abrité du vent qui coulait plus haut, à hauteur de la tôle bruyante. Près de l'ancienne clôture défoncée, un panneau signalait le danger de chutes de pierres.

— Pourquoi qu'ils ne l'ont pas foutue par terre ? On aurait eu des pierres pour un moment ! grogna Guérin.

— C'est de la mauvaise pierre. Du tout venant, de la caillasse des champs, c'est pour ça qu'elle risque de tomber. Avec les bons moellons que je fais à la carrière, elle serait debout pour toujours !

Arrivés près de l'ouverture, ils s'arrêtèrent, hésitant à pénétrer dans la salle circulaire encombrée de rondins de bois.

— Ça ne risque rien, décida Guérin en s'avançant. Mais regarde les étais plantés sous l'escalier. Tu vois bien qu'il y est pour quelque chose, le Barconi. S'il a fait ça, c'est qu'il voulait monter là-haut !

— Tu as raison. Ça veut dire ce que ça veut dire.

— Viens, on va rouler le tonneau jusqu'ici, voilà, sous l'escalier, justement, comme ça il se cassera la figure, et le reste suivra.

— Tu as la poudre ?

— Non, je l'apporterai cette nuit. On m'aurait vu. Maintenant, on rentre chez nous. Et on se retrouve ici vers minuit.

Il n'était que onze heures du soir quand Gustave quitta sa maison. Sa femme s'étonna qu'il n'aille pas se coucher. Depuis quelque temps, elle le trouvait bizarre. Il avait un sommeil agité, et lorsqu'il ne parvenait pas à dormir il passait de longues heures assis sur le bord du lit. Elle ne lui avait pas posé de questions parce qu'elle redoutait de connaître la vérité : la mort d'Albin avait beaucoup affecté son époux, qu'elle soupçonnait de ne pas dire tout ce qu'il savait.

— Mais où tu vas, encore ?

— Faut que j'aille marcher. Je ne peux plus rester assis.

Évitant le village, il traversa la prairie de Massenet, puis longea les potagers du boulanger et du garde champêtre pour remonter jusqu'à la tour. La lune s'était levée. Il frissonna de froid et d'inquiétude. Un instant il imagina le paysage sans cette construction dressée depuis toujours entre les arbres, et se dit qu'on verrait le puy de Sancy.

Entendant un bruit, il se retourna : Graulhet montait dans le sentier, muni de sa brouette dont la roue grinçait. Guérin se montra à son tour, encapuchonné jusqu'aux yeux : le vent lui donnait des frissons et des douleurs dans les reins. Les trois hommes se regardèrent en silence dans la lumière de la lune.

— Voilà, dit Graulhet, j'ai trouvé une mèche du genre qu'on utilise dans les chantiers pour faire sauter des rochers. Elle n'est pas toute neuve, mais elle doit aller. On va remplir le tonneau, on le fermera, et on allumera la mèche. Elle est assez longue pour qu'on ait le temps de se mettre à l'abri.

— Pourvu que personne ne nous ait vus ! s'inquiéta Gustave.

— Bah, ça n'a pas d'importance.

— Je voulais parler des gendarmes. Ils feraient tout pour nous empêcher de faire ce qu'on a à faire.

À l'entrée de la tour, Graulhet posa délicatement à côté du tonneau le sac de poudre qu'il avait chargé sur son dos parce que la brouette ne pouvait pas rouler sur les gros cailloux. Guérin alluma une lanterne, puis ils vidèrent l'explosif et Graulhet crut bon de faire remarquer qu'il y en avait pour plus de cent francs or, manière pour lui de signifier qu'il endossait seul la charge financière de l'opération et aurait volontiers accepté de partager les frais.

Mais Gustave et Guérin firent la sourde oreille. Lorsque le tonneau fut rempli, Gustave ajusta le couvercle, qu'il bloqua comme il le put à l'aide de cerceaux métalliques. Graulhet lui recommanda alors la plus grande prudence, un coup de marteau mal dirigé pouvant faire exploser cette charge aussi noire que de la suie, puis il plaça la mèche dans le trou du tonneau et la coinça avec le bouchon de bois roulé dans un tissu. Enfin, Guérin souffla la flamme de la lanterne, et ils sortirent en déroulant le cordon.

— Tu es sûr qu'elle ne va pas s'éteindre? s'inquiéta Gustave.

— Je te dis qu'elle est bonne sur toute la longueur.

Graulhet alluma la mèche avec son briquet, et ils allèrent se poster dans le bois au-dessous de la forge. Quelques minutes passèrent, pleines d'angoisse et de peur car ils ignoraient quel cataclysme l'explosion allait déclencher.

Si les trois hommes avaient agi dans la plus grande discrétion, tout le monde était au courant de ce qu'ils s'apprêtaient à faire, et les gens étaient sortis de chez eux pour assister au feu d'artifice. Ils retenaient leur respiration pour vivre avec davantage d'intensité cet instant qui leur paraissait historique et dont ils se souviendraient toute leur vie. Ils imaginaient le bourg sans la tour dressée au-dessus des maisons, et il leur semblait que ce ne serait plus le même village.

Un bruit énorme retentit soudain, et une lueur ocre illumina le ciel. Un souffle d'air secoua la cime des arbres. Des branches cassées tombèrent au pied des curieux qui se tassaient dans le sentier. Pris de panique, beaucoup rentrèrent chez eux en courant. Puis le silence revint. Un silence profond. La nuit reprit sa place, et de nouveau la pleine lune éclaira la silhouette de la tour, toujours bien droite sur son mamelon rocheux. Et le grondement de la tôle reprit. D'abord un simple bourdonnement, puis un bruit plus intense et menaçant.

— Ce n'est pas possible ! s'exclama Graulhet. Ma poudre était pourtant bonne !

La peur étreignait les poitrines : si la tour n'avait pas cillé alors qu'on la disait instable, c'est qu'elle ne pouvait être détruite par des moyens ordinaires. Après un long moment d'incertitude, les plus courageux osèrent s'aventurer au pied de l'édifice et braquer une lanterne à l'intérieur. Tout était intact. L'explosion avait renversé les étais sous l'escalier, mais pas une pierre n'avait bougé. Une forte odeur de soufre irritait la gorge.

— On est mal! s'exclama Guérin.

Un roulement fit lever la tête à la dizaine d'hommes rassemblés près de la clôture défoncée. Guérin eut juste le temps de se mettre à l'abri. Une coulée de pierres déferla du mur exposé au nord. Les cailloux ricochèrent sur le sol jusqu'aux spectateurs. Puis le calme revint. Cette fois, les villageois tapis dans l'ombre attendirent plus longtemps, au cas où une nouvelle coulée de pierres serait venue leur indiquer que la tour était sur le point de s'effondrer, mais rien ne se produisit.

Le lendemain, au lever du jour, alors que les coqs chantaient dans les fermes, plusieurs hommes constatèrent les dégâts: une fissure provoquée par l'explosion était à l'origine de la chute des pierres. Le donjon était fendu côté nord, mais il était toujours debout, et plus dangereux que jamais.

Le brigadier Mangein et deux gendarmes revinrent à Malvent à bord de leur voiture, qu'ils garèrent près de la fontaine. Les enfants qui se rendaient à l'école cernèrent le véhicule pour en admirer les formes et commenter le mystérieux pouvoir de cette machine capable de se déplacer sans la force des chevaux, puis partirent en courant : le vieux maître ne tolérait pas le moindre retard et n'hésiterait pas à user de sa baguette de noisetier.

Les trois hommes demeurèrent un moment près du bassin de la fontaine pour écouter la rumeur de la tour et observer les maisons où apparaissait parfois à une fenêtre un visage, une silhouette qui s'évanouissait vite. Puis ils s'engagèrent dans le sentier et revinrent un instant plus tard. Ils entrèrent dans l'épicerie. Graulhet eut un frisson de panique, se reprit, et accueillit la maréchaussée avec un grand sourire.

— Vous avez tenté de faire sauter la tour, lui fit remarquer Mangein. Nous venons de constater les dégâts que vous avez causés à ce vestige du passé. Vous risquez une lourde amende et un an de prison ferme.

Le commissaire forçait un peu la dose pour intimider l'épicier, qui derrière son comptoir ne broncha pas.

— C'est tout le village qui a voulu faire sauter cette maudite tour, répondit-il enfin. Si je vais en prison, les autres aussi.

— Sauf que vous avez fourni la poudre. Et que si vous ne nous aidez pas vous allez payer pour tout le village, comme vous dites.

— Qu'est-ce que vous voulez ?

— Que vous me parliez des gens, d'Albin Marlhac et des raisons qui ont pu pousser quelqu'un à le tuer à coups de pierre. Je suis certain que vous savez beaucoup de choses, comme tout le monde ici, mais que vous ne dites rien.

— Les affaires des autres ne me regardent pas !

Les trois gendarmes passèrent toute la matinée dans l'épicerie. Graulhet jetait des coups d'œil désespérés vers la porte vitrée ; les clients approchaient, puis faisaient demi-tour à la vue des képis. Avec ce manque à gagner, ce serait encore lui qui paierait tous les dégâts. Lorsque, vers midi, les forces de l'ordre quittèrent enfin la boutique, les gens sortirent sur la place. L'anxiété était palpable.

L'après-midi, alors qu'il prenait l'air devant la porte du bistrot, Martin constata que le bruit de la tour n'était plus comme avant. Plus aigre, il ressemblait davantage à un gémissement plaintif, comme si le bâtiment souffrait depuis que le tonneau de poudre l'avait secoué. Il le fit remarquer à Massenet.

— C'est vrai, on dirait qu'elle a mal et qu'elle pleure !

— Moi, je pense que c'est encore un malheur, répliqua Martin. Et que ce malheur s'abattra encore sur les pauvres gens !

— Toi, tu n'as pas à te plaindre !

Cette remarque heurta Martin. Exaspéré, il soupira. Les gens étaient jaloux de lui, de sa situation acquise par un mariage arrangé. Ils s'en tenaient aux apparences.

Vers cinq heures de l'après-midi, Jeanne rentra de l'école avec son inséparable ami Jacques Lemerre, un blondinet pâlot dont les grands se moquaient souvent. La fillette l'aimait bien, surtout quand il chantait, car sa voix était gaie et fraîche. Elle n'était pas pressée et prenait le temps de flâner. Le garçon partit devant car sa mère ne supportait pas qu'il tarde en chemin. Agnès Lemerre était en effet très sévère et exigeait un cahier parfaitement tenu. Si l'écriture ne lui convenait pas, elle n'hésitait pas à arracher la page. Et Jacques était souvent puni quand il ne connaissait pas ses leçons…

Jeanne s'était arrêtée près de la haie pour épier un merle qui picorait une pomme oubliée lorsqu'un petit sifflement la fit sursauter. Elle se tourna et, dans le pré, se détachant sur l'aubépine où il avait dû se cacher, elle vit Angelo Barconi qui lui souriait. Les gendarmes l'avaient-ils donc libéré ou avait-il réussi à s'évader? La fillette éprouva une grande joie à le voir, pourtant elle hésita entre l'envie de s'enfuir et celle de courir vers lui. Elle avait entendu tant de choses ! Les gens ne disaient-ils pas qu'il était l'assassin de son grand-père ? Elle se demanda s'il n'était pas là pour l'assassiner à son tour, mais ne s'enfuit pas.

— Alors, vous n'êtes plus en prison ? murmura-t-elle.

Elle se mordit les lèvres quand elle se rendit compte de ce qu'elle venait de dire, et fit un pas dans le chemin.

— Pourquoi voudrais-tu que je sois en prison ?

Jeanne observa le visage d'Angelo, différent des visages d'ici, si ronds et rougeauds. Sa barbe de plusieurs jours hérissait son menton, mais ce n'était pas une barbe rugueuse comme celle de son père ou des hommes qui fréquentaient le bistrot. Ses cheveux noirs, légèrement bouclés, avaient des reflets d'or. Il souriait.

— Si tu veux, je peux t'aider à faire tes devoirs.

— Ma mère ne veut pas. Elle m'a dit que si j'allais chez vous je serais punie.

Barconi sortit de la poche de sa veste une petite boîte ronde et la tendit à la fillette.

— C'est pour toi.

Intriguée, Jeanne essaya d'ouvrir l'écrin métallique mais, n'y parvenant pas, le tendit de nouveau à l'homme, qui s'était approché. Il fit tourner le couvercle, et la petite fille découvrit deux magnifiques boucles d'oreilles brillant sur du velours. Elle prit d'abord un air ravi, puis se renfrogna.

— Ma mère ne voudra pas que je les porte.

— Ta mère verra que ce sont deux belles boucles d'oreilles, et comme personne ne saura que c'est moi qui te les ai achetées elle ne dira rien.

— Non, répliqua Jeanne en posant la boîte par terre et en s'éloignant rapidement. Ma mère ne vous aime pas.

En pleurs, elle courut jusqu'au bistrot, passa devant son père et alla se réfugier dans la cuisine.

— Mais qu'est-ce qui t'arrive? s'inquiéta Marie. Tu t'es disputée avec tes amies?

Jeanne se précipita dans les bras de sa mère, qui garda un instant blotti contre elle le petit corps secoué par les sanglots.

— Dis-moi ce qui se passe, je te promets que je ne me fâcherai pas.

— C'est le monsieur de la tour qui est revenu.

Jeanne sentit se contracter le bras qui l'entourait, se durcir le corps de sa mère, dont une profonde inspiration souleva la poitrine.

— Qu'est-ce que tu dis ?

— Il était dans le pré de Marcilloux, il m'attendait et il a voulu me donner des boucles d'oreilles. Je ne les ai pas prises.

Le silence de Marie étonna la petite fille, qui se détacha lentement et leva les yeux sur son visage fermé. Des larmes perlaient au coin de ses yeux.

— Faut pas être malheureuse, maman. Je te dis que je ne les ai pas prises et que je ne les prendrai jamais.

— Tu veux goûter ? Je vais te faire chauffer un bol de lait.

Angelo Barconi n'avait pas l'intention de se cacher. Après avoir parlé à Jeanne, il fit un détour par le village, traversa tranquillement la place, les mains dans les poches, en direction de la forge, pour bien montrer que la justice l'avait reconnu innocent et qu'il ne redoutait pas les gens du bourg. Ceux qui avaient laissé mourir son père ne pouvaient pas l'empêcher de rester à Malvent, dans sa propriété, ni d'emprunter les chemins publics. Afin de ne pas le croiser, les gens qui l'aperçurent changèrent de direction ou rebroussèrent chemin.

— Il a du culot, dit Guérin.

Marie l'aperçut par la fenêtre de la cuisine. La justice l'avait donc libéré ! Elle n'avait jamais douté de son innocence, mais cette innocence même le rendait plus coupable encore aux yeux de ceux qui l'avaient traîné dans la boue. C'était davantage elle qui était réhabilitée.

— Et il ose se montrer ! cria Martin dans la salle du bistrot Si mes jambes fonctionnaient, j'irais lui dire deux mots !

Louise s'approcha de sa fille, toujours rivée à la fenêtre, et vit près de la fontaine l'Italien prendre de l'eau dans ses mains et la porter à son visage.

— Ma pauvre fille, tu te rends compte de ce que tu fais ?

La jeune femme ne bougea pas, espérant qu'Angelo se tourne vers le bistrot. Il aurait fallu peu de chose pour qu'elle coure vers lui.

— Marie, enfin, tu y penses ?

Elle sursauta, remit les pieds sur terre dans cette cuisine qui était sa prison, près de ces gens qui l'avaient séparée à jamais du seul homme qu'elle ait jamais aimé. Elle n'avait pas versé une larme à la mort de son père. Quand Marcel Manoche et son apprenti avaient soulevé le corps raide pour le déposer dans le cercueil, elle avait ressenti une nouvelle fois cette terrible envie de rire qui lui brûlait la poitrine. *Voilà que je deviens folle*, avait-elle pensé.

— Tu crois qu'on n'a pas eu assez de malheurs comme ça ? poursuivit Louise.

Marie retourna à ses plats. Son art d'accommoder les sauces lui valait une clientèle de gourmets. Au bout d'un long moment, elle jeta un regard sec à sa mère, qui le soutint.

— Ne t'en fais pas, lui dit-elle sur un ton déterminé. Je sais quel est mon chemin.

Pendant le repas, Martin fut terriblement désagréable. Il houspilla sa fille qui ne cessait de parler pour ne rien dire et l'agaçait à bouger et à sautiller ainsi. Il s'en prit ensuite à Gustave, qui vint comme chaque soir rendre compte de sa journée. Or il eut le tort de remettre sur la table le sujet qui lui tenait particulièrement à cœur.

— Il faut qu'on règle nos affaires. Sans moi, la carrière ne vaut plus rien !

— Qu'est-ce que tu veux ? C'est déjà toi qui gagnes le plus dans la commune.

Gustave ne supportait pas que Martin s'adresse à lui en patron. Il réagit vivement.

— Je vais en parler à Louise. Elle, elle n'est pas contre l'idée de vendre.

— Ça m'étonnerait !

L'ouvrier sorti, Martin rouspeta contre Marie, puis contre Louise, qui ne prit même pas la peine de répondre à ses attaques, affichant un mépris qu'il n'eut pas la force de combattre. Il mit sa chaise dans un coin afin de ne pas gêner, puis demeura silencieux et sombre. Lorsque sa femme passa dans la remise pour préparer son menu du lendemain, il pensa que, si elle allait rejoindre Angelo, personne ne s'en apercevrait. Il s'enfuit dans la salle commune et, sans allumer la lumière, chercha à tâtons sa bouteille de gnôle.

De son côté, Marie triait les légumes et les boîtes de conserve dont elle aurait besoin dès le petit matin. La nuit était tombée, aussi froide qu'en plein hiver. Le jeune Pierre passa sur son vélo plus tard que d'habitude : il avait aidé sa mère à couper un arbre mort et à le débiter en bûches. Quand il eut atteint la boulangerie, la jeune femme se posta sur le pas de la porte. La rue était déserte. La lune maintenait une lueur bleutée qui effaçait les distances. Le village était silencieux. Marie se figea soudain. À l'angle de la ruelle entre le presbytère et l'épicerie, une silhouette se profilait : Angelo marchait de ce pas tranquille et élégant que n'avaient pas les paysans d'ici. Droit, fier comme un officier à la parade. Il traversa la place et s'engagea dans la descente. La jeune femme le regardait approcher. Sa conscience lui commandait de claquer la porte et d'aller se cacher dans la cuisine, mais elle restait là, incapable du moindre mouvement. Angelo s'arrêta à quelques pas d'elle. Dans la pénombre du clair de lune, son beau visage semblait à la fois irréel et resplendissant, tel que Marie le voyait dans ses rêves. Il avança vers elle. Dans un élan issu du plus profond de son être, elle se jeta dans ses bras. Pas une seconde elle ne pensa qu'on pouvait les voir, ni qu'elle se condamnait aux yeux de tous.

Louise, que l'absence prolongée de sa fille commençait à inquiéter, cria quelque chose depuis l'étage. Marie revint brusquement à elle, quitta Angelo et claqua la porte, consciente d'avoir commis l'irréparable.

— Mais où tu étais ? lui demanda sa mère sur un ton inquisiteur.

La jeune femme ne répondit pas, entra dans la chambre de Jeanne, s'assit au bord du lit et écouta longtemps la respiration tranquille de l'enfant. Elle posa un baiser sur son front chaud, passa dans sa propre chambre et s'étonna de ne pas y entendre le souffle de Martin. Elle tâtonna sur le lit et ne le trouva pas. Un bruit la fit sursauter. Son mari était bien là, assis sur sa chaise près de la fenêtre. L'avait-il vue se blottir dans les bras d'Angelo ?

— Tu ne te couches pas, ce soir ? lui demanda-t-elle.

— Ça sent mauvais dans cette chambre, grogna-t-il.

Elle se déshabilla et s'allongea. Son corps était en proie à une fièvre douloureuse. Elle regrettait ce qui venait de se passer et la condamnait, même à ses propres yeux. Le malheur ne pouvait apporter que davantage de malheur.

— Tu ne te couches pas ? demanda-t-elle encore.

Le bruit des roues sur le plancher l'avertit que Martin se dirigeait vers son lit. S'il s'était approché du sien, elle n'aurait pas eu la force de le repousser, mais il était trop malheureux pour se contenter d'un faux-semblant.

Le lendemain, au milieu de la matinée, le brigadier Mangein refit son apparition avec deux gendarmes. Comme la fois précédente, ils garèrent leur voiture près de la fontaine et s'éloignèrent dans le chemin menant à la carrière, sans adresser un mot aux curieux qui s'approchaient. Vers midi, ils repartirent sans répondre au salut du garde champêtre qui les guettait. Lorsque leur véhicule se fut éloigné, les badauds se rassemblèrent sur la place pour commenter l'événement. Gustave arriva, blême. Tremblant de colère, il s'assit au bord du bassin et eut du mal à recouvrer son calme.

— Ils m'ont cassé les pieds toute la matinée ! finit-il par dire. Voilà qu'ils me soupçonnent, maintenant ! Comme si j'avais une tête de meurtrier !

Les protestations fusèrent autour de lui.

— Ils ont voulu prendre mes empreintes, ajouta-t-il dans un souffle. Comme j'ai refusé, ils ont emporté la pioche que je préfère pour tailler les pierres et ils ont dit qu'ils reviendraient.

Martin s'était approché ; il vit arriver un cheval noir attelé à un tilbury. Ce même cheval qui avait attendu son maître dans la prairie gelée où Pierre Margeride lui apportait du grain. L'animal avait fière allure dans ce pays misérable où la plupart des paysans ne possédaient qu'un âne. Angelo Barconi s'arrêta près du groupe et descendit de son siège. Martin entra dans le bistrot afin de ne pas avoir à saluer son ennemi, les autres ne bronchèrent pas.

— Bonjour messieurs ! dit Angelo en souriant.

Béroudeau, Mialet, Chambon et Graulhet ne trouvèrent rien à répondre. L'épicier tripotait son carnet de commandes, qu'il avait sorti de la poche intérieure de sa blouse ; Guérin se grattait l'arrière du crâne ; les autres regardaient leurs chaussures.

— Le bruit de la tour ne vous agace pas ? demanda Barconi.

Sûr qu'il les agaçait, mais que faire ? La tour était si solidement campée sur son rocher qu'un tonneau de poudre n'avait pas pu la faire bouger…

— J'avais commencé à étayer l'escalier pour monter voir ce qui se passait là-haut. Si on s'y mettait tous, ce serait vite fait et on pourrait enfin dormir tranquilles, non ?

— Oui, bredouilla le boucher. C'est vrai que c'est une idée.

— Si vous voulez, on peut commencer cet après-midi ! On prendra le bois de mes sapins, il suffit de prévoir des haches et des scies pour le couper.

Laissant le groupe ébahi car personne ne s'attendait à ce qu'il ait le culot de venir leur parler, Angelo attacha son cheval au tilleul, puis se dirigea vers la ruelle de la poste et passa devant le bistrot. Derrière la petite fenêtre de la cuisine, Marie emplissait ses yeux et ses pensées de cet homme contre qui elle s'était blottie la veille et dont l'odeur d'un tabac qu'on ne fumait pas par ici flottait encore sur ses vêtements. Il dépassa la poste et entra dans la boulangerie, où Joséphine lui souhaita la bienvenue. Il demanda une tourte.

— Ce pain me rappelle ma jeunesse. Il est toujours aussi bon !

Pierre, qui nettoyait le pétrin dans le fournil, l'avait entendu. Blanc de farine, il vint saluer le jeune Italien, puis regarda tour à tour la boulangère et Angelo en se disant que tous deux avaient quelque chose en commun qui échappait aux autres, une sorte d'élégance naturelle que la dureté de la vie n'avait pas abîmée.

— Je me suis occupé de votre cheval, dit l'adolescent. Il n'a manqué de rien.

— J'ai vu. Tu es un bon garçon. Je te remercie.

Jean Leroy sortit à son tour. Il était en maillot de corps mais ne sentait pas l'air frais qui entrait par la porte ouverte.

— Pour ce pauvre Pinard, je n'ai pu rien faire, ajouta le garçon.

Angelo semblait ne pas avoir entendu.

— J'ai dit aux autres qu'on pouvait arrêter le bruit, déclara-t-il au boulanger. On va prendre des troncs de sapins dans mon bois et recommencer à étayer l'escalier. Quand ce sera solide, je monterai là-haut pour voir ce qui s'y passe.

— Ce n'est pas ce qui fera revenir le beau temps ! murmura Jean, mal à l'aise de voir le sourire radieux qui illuminait le visage de sa femme et l'empressement de son mitron.

— Je sais bien, mais au moins on n'aura plus ce bruit dans les oreilles. Et puis je suis presque certain que le vent va tourner.

— Ah bon ? s'étonna Joséphine.

— Oui, répondit Barconi en ramassant sa monnaie sur le comptoir. Ce matin, je suis allé au bord de la Dordogne et j'ai vu que l'eau avait changé de couleur. Quand le vent est accroché au nord, l'eau est claire, transparente. Ce matin elle était trouble, c'est bon signe.

Il sortit sans rien ajouter. Quand il eut refermé la porte, la boulangère se tourna vers son mari.

— Je ne sais pas ce que vous avez contre lui, ce n'est pas un mauvais homme !

— Tu as peut-être raison, admit Leroy. Mais son père crachait quand il passait devant l'église, et ici ça ne se fait pas !

— Et alors ? s'emporta Joséphine. Quand ça vous arrange, vous n'êtes pas trop regardants avec les principes de l'église... D'ailleurs, le curé ferait mieux de se taire au lieu de parler à tort et à travers pour semer la zizanie !

Jamais Pierre n'avait trouvé la boulangère si belle. Jean Leroy battit en retraite. Devant la porte, son âne attelé à la carriole l'attendait.

Angelo remonta sur son tilbury et repartit en direction de Pleaux. Vers une heure de l'après-midi, il traversa de nouveau la place, sans s'arrêter, tandis que les ouvriers de l'électricité sortaient du bistrot. L'un d'eux constata que le bruit de la tour était moins soutenu, plus faible que d'habitude. Quelques nuages s'étaient rassemblés à l'horizon ; on n'en avait pas vu depuis plusieurs semaines. De retour de sa tournée, Jean Leroy les remarqua lui aussi et se dit que Barconi devait avoir raison :

le temps allait changer. D'ailleurs, le fond de l'air était moins vif que les jours précédents.

Vers trois heures, les gendarmes revinrent à bord d'un fourgon. Mangein et trois de ses collègues en descendirent et, sous les aboiements des chiens, se dirigèrent vers le bistrot. Marie et Louise nettoyaient la salle ; elles les accueillirent avec une pointe d'anxiété. Louise passa derrière le comptoir pour les servir et, ayant terminé la vaisselle, Martin arriva en essuyant ses mains rouges dans un torchon gris.

— On cherche Gustave Milenas, dit le brigadier.

— Il est à la carrière, répondit Martin, considérant que c'était à lui de parler.

— Très bien.

Mangein sortit, suivi de ses hommes. Ils trouvèrent l'ouvrier en train de fendre un gros bloc de granit. Lorsqu'il vit tout ce monde sur son chantier d'ordinaire désert, Milenas eut un mouvement de panique. Il jeta son outil et tenta de s'enfuir, mais les gendarmes l'arrêtèrent dans son élan.

— Qu'est-ce que vous me voulez encore ?

— On vous emmène, déclara Mangein. Il faut que vous nous expliquiez pourquoi les empreintes relevées sur le manche de votre pioche se trouvent également sur la pierre qui a frappé M. Marlhac.

— Mais qu'est-ce que vous racontez ? Vous n'allez quand même pas dire que c'est moi qui…

— Si, nous pensons en effet que c'est vous qui avez tué M. Marlhac.

— Mais vous êtes tous fous !

Les gendarmes l'emmenèrent de force. Sur la place, un attroupement de curieux s'était formé. Voir Gustave menotté les stupéfia. Le vieil homme implora les regards fixés sur lui et cria :

— Voilà ce qu'on fait des honnêtes gens ! Vous voyez ? On les arrête comme des bandits !

Menaçants, la mine sombre et les poings serrés, les badauds s'étaient approchés des gendarmes. Mangein les repoussa avec l'autorité que lui conférait son uniforme.

— Messieurs, laissez-nous faire notre travail. Nous recherchons un criminel et nous emmenons cet homme pour l'interroger !

— Ils ont dit que c'étaient mes empreintes sur la pierre qui a tué ce pauvre Albin ! hurla l'ouvrier. Ils m'emmènent, et moi j'ai ma femme et mes enfants ! Qui va les faire manger ?

— T'en fais pas, Gustave, répondit Mialet, on s'occupera d'eux. Tu reviendras vite, ils ne peuvent pas condamner un honnête homme ! ajouta-t-il pour exprimer toute la rancœur qu'il nourrissait à l'égard des forces de l'ordre.

Tandis que les officiers poussaient Gustave vers la portière de leur fourgon, une femme venue de la rue en pente de la mairie arriva en courant, un enfant de deux ans dans les bras, et d'autres tout autour d'elle. Échevelée, vêtue d'un tablier noir élimé, elle tourna vers son mari son visage maigre et ouvrit sa bouche édentée, les lèvres retroussées comme un chien qui s'apprête à mordre. Les petits se rapprochèrent d'elle et s'agrippèrent à son tablier lorsqu'ils remarquèrent que leur père était menotté.

— Léontine, grogna ce dernier. Ma Léontine, regarde ce qu'ils me font !

Léontine fixa longuement son mari de ses yeux noirs pleins de mépris, puis cracha par terre. Elle fit demi-tour et partit sans un mot, entourée de sa ribambelle d'enfants. Mangein ordonna aux gendarmes de faire monter Milenas dans le véhicule, dont les portières claquèrent avant qu'il ne s'éloigne dans la rue descendant vers la ville.

— Ils veulent la guerre ! s'exclama Graulhet en regagnant sa boutique.

Plus tard, le vent tourna, les arbres se remplirent de chants d'oiseaux. Ayant rejoint ses champs exposés au sud et dominant la Dordogne, Massenet comprit que le printemps arrivait enfin. À l'ouest, le ciel se chargeait de nuages. Un petit oiseau volait au-dessus de la rivière. Le paysan reconnut une hirondelle. Il courut au village annoncer la bonne nouvelle, puis se ravisa : peut-être n'était-ce qu'un étourneau ? Il fit demi-tour et s'assit au bord du torrent, où il attendit que se reproduise le prodige.

Il passa de longues heures le nez en l'air, à surveiller la progression des nuages sur l'horizon. Et ce qu'il redoutait se produisit : à la nuit tombée, le vent vira de nouveau au nord, avec une telle force que la tour semblait abriter de grandes orgues. Le petit intermède de l'après-midi n'était qu'une illusion, il fallait se rendre à l'évidence : l'hirondelle n'avait fait que passer, et les policiers venaient d'arrêter un innocent à la place du coupable qui se pavanait sur son tilbury.

Les hommes se retrouvèrent alors dans le hangar où Guérin enfermait les bêtes à abattre. Ils étaient tous là : les vieux, les jeunes éclopés, et même les adolescents qui ne voulaient pas manquer l'occasion de se faire valoir auprès de leurs aînés. Le boucher avait allumé une lanterne suspendue à une poutre. La lumière éclairait une sorte de fenil et une charrette aux grandes roues ferrées. Chambon, qui jusque-là n'avait participé à aucune réunion, était présent, pas en tant que garde champêtre mais en « citoyen ordinaire ». La méthode des gendarmes l'avait contrarié : Gustave était son ami, et il ne pouvait pas imaginer qu'il ait pu tuer Albin à coups de pierre. Il ne croyait pas non plus à la preuve des empreintes, nouvelle invention des gens de la ville pour accabler les ignorants de la campagne.

— S'ils continuent, déclara-t-il à Guérin, je leur jette mon képi à la figure, et ils trouveront quelqu'un d'autre !

À force de concertation, les hommes s'étaient monté la tête. Mialet avait la certitude d'avoir vu Barconi frapper Albin.

— Tu crois que je suis un menteur ? s'écria-t-il. Je te dis que je l'ai vu comme de toi à moi !

Au moment du crime, il était en effet dans son pré au bord de la Dordogne à nettoyer le petit canal qui conduisait l'eau jusqu'à une mare. Il avait entendu les cris et s'était faufilé entre les genêts pour voir d'abord le jeune Pierre Margeride courant affolé et, un peu plus loin, Angelo s'éloignant de chez lui, les mains dans les poches. La certitude que Barconi était le meurtrier ajoutait dans sa mémoire des images qu'il croyait avoir réellement vues.

— On ne peut pas laisser ce pauvre Gustave tout seul, ajouta-t-il. S'il est coupable, on l'est aussi. Mais celui qui a tué est bien tranquille chez lui et vient nous narguer en nous proposant de l'aider à consolider sa tour!

— Alors, si on est des hommes, on n'a pas le droit de reculer! s'emporta Graulhet, qui regrettait d'avoir sacrifié un bon baril de poudre pour rien. Moi, je propose qu'on fasse justice. On va aller le trouver, le Barconi, on va l'obliger à avouer son crime.

— Et ensuite, on le conduira chez les gendarmes.

— Oui, mais ils seraient bien capables de le relâcher encore.

La porte du hangar étant fermée, la réunion prenait vraiment des airs de complot. Martin était attentif à parler le plus fort possible afin que personne n'oublie qu'il était le gendre de la victime.

— Vous allez voir qu'après avoir arrêté ce pauvre Gustave, ils vont m'arrêter moi aussi!

Le sentiment d'une profonde injustice gonflait les poitrines d'une colère inextinguible. Ils s'encourageaient les uns les autres à décider d'une action, et ces hommes d'ordinaire sages et mesurés envisageaient les pires extrémités.

— La misère est tout entière d'un côté, hurla Mialet. Les blessures et la pauvreté pour les uns ; la belle vie pour les autres ! Ça ne peut plus durer !

— On est quand même en république !

Dehors, une silhouette se glissa entre les noyers. Il faisait froid ; bras nus, Pierre Margeride frissonna. Lorsqu'il avait entendu les éclats de voix, il s'était échappé du fournil, car il se doutait de ce qui se tramait. Son patron avait été sonné par l'arrestation de Gustave, mais continuait à faire confiance à la justice. Il avait prétexté son pain à pétrir pour ne pas suivre les autres.

L'adolescent retint ses pas sur le chemin empierré, s'approcha de la grange et colla son oreille contre le bois écailleux de la porte. Ce qu'il entendit le terrorisa. Il courut alors dans la petite rue, passa sans s'arrêter devant la boulangerie et monta jusqu'au bistrot. Dans la remise, Marie faisait son inventaire accroupie parmi les cageots. Lorsque le garçon essoufflé entra précipitamment dans la pièce, le visage de la jeune femme trahit à la lumière de la lanterne un vif étonnement.

— Ils sont tous dans la grange de Guérin ! dit Pierre. Ils parlent. Et ils parlent mal.

— Qu'est-ce qu'ils disent ?

— Qu'ils vont faire payer Angelo. Qu'ils vont l'obliger à avouer son crime. Qu'ils vont faire justice eux-mêmes.

Marie se redressa et saisit les mains de l'adolescent.

— On peut pas laisser faire ça !

— Je vais monter l'avertir, dit Pierre en retirant ses mains, car le contact de la jeune femme le mettait mal à l'aise.

— Non, dit Marie avec une soudaine détermination. Retourne à ton travail. Il ne faut pas que ton patron s'aperçoive de quelque chose. Je vais m'arranger autrement.

Pierre parti, Marie resta longtemps devant la porte, face à la nuit. Les nuages de l'après-midi couraient dans le ciel qui se dégageait, et la lune sortait par moments. Le vent soufflait toujours du nord, et les premières étoiles indiquaient qu'il allait encore geler. Elle était au pied du mur qui l'emprisonnait depuis si longtemps. Elle rentra, rangea les cageots de pommes de terre et de carottes, choisit plusieurs conserves et revint dans la cuisine. Jeanne était en train de feuilleter un livre d'images. Marie l'attira contre elle dans un élan de tendresse qui ne lui était pas habituel. La fillette comprit que sa mère était malheureuse.

— Je t'aime beaucoup, ma petite maman, lui dit-elle.

Louise entra dans la pièce. Sa seule présence ne laissait aucune place au doute : le chemin était tracé une fois pour toutes, s'en éloigner n'apporterait que du malheur. La vieille femme détestait les épanchements et les tergiversations. Personne ne l'avait jamais vue pleurer.

— Martin n'est toujours pas rentré ! fit-elle remarquer. Un de ces jours, il va trouver la porte fermée !

Elle s'approcha de l'évier et entreprit de laver des grands plats de cuisson. Marie emmena Jeanne dans sa chambre et l'aida à se déshabiller. La fillette s'étonna d'une telle sollicitation. Lorsqu'elle fut dans son lit et que sa mère eut remonté sous son menton la couverture, elle murmura :

— Pourquoi tu es malheureuse, maman ? C'est parce que papa n'est pas rentré ?

Jeanne savait très bien que l'absence de Martin ne préoccupait pas du tout sa mère. Elle venait simplement de tenter un rapprochement avec la seule personne qui comptait pour elle.

— Dis, c'est quand qu'il va revenir, grand-père ?

Depuis la mort du vieil homme, la fillette avait conscience d'un vague flottement entre les adultes, mais aussi de leurs querelles larvées. Lorsqu'il était là, Albin le grincheux qui ne lui adressait jamais la parole, Albin avec sa démarche lourde, sa manière de rouler ses cigarettes campé sur une jambe, maintenait tout le monde à sa place ; sa force silencieuse faisait fuir les fantômes.

— Tu sais bien qu'il ne reviendra pas. Il est au Ciel !

— Papa dit bien qu'il est revenu de l'enfer, alors pourquoi grand-père ne pourrait pas revenir du Ciel ?

— Il faut que tu dormes, maintenant. Demain, il y a école.

La fillette avait l'impression d'être au-dessus d'un gouffre, au sommet d'une montagne, prête à sombrer dans le vide.

— Je t'aime, ma petite maman !

— Dors bien, ma chérie.

Jeanne passa ses bras autour du cou de sa mère et la serra très fort. Marie se dégagea lentement et lui posa un baiser sur la joue.

— Moi aussi, je t'aime plus que tout !

Marie souffla sur la flamme de la lampe à pétrole et s'éloigna en refermant doucement la porte. Elle passa dans la cuisine, où sa mère terminait le nettoyage des plats, et commença à préparer le menu du lendemain. Elle éplucha les pommes de terre et les plongea dans une bassine d'eau froide pour qu'elles ne noircissent pas, racla les carottes et prépara les petites sauces aux oignons et au beurre qui gagnaient à être réchauffées. Enfin, lorsque tout fut prêt, elle regarda l'heure et s'étonna que Martin ne soit toujours pas rentré.

— Je vais me coucher, lui dit sa mère en accrochant son tablier de cuisine au portemanteau.

Puis elle se dirigea vers l'escalier et jeta un dernier regard à sa fille. Rien n'échappait à cette femme à l'intelligence froide. Elle savait trouver des mots crus, tranchants comme des lames. Ce soir, pourtant, elle ne dit rien, ne lança pas l'un de ses conseils cinglant comme un coup de fouet. Quelques minutes plus tard, Marie gagna sa chambre. L'étreinte de Jeanne la poussait dans ce sens. L'amour qu'elle portait à sa fille la maintenait à sa place dans le bistrot, entre son mari et sa mère. La seule pensée qu'elle aurait pu faire du mal à son enfant la déchirait.

Vers onze heures, la porte grinça. Martin était de retour. Il resta un long moment dans la salle commune, où il devait téter sa bouteille de gnôle, puis arriva dans la chambre. Sa forte odeur d'alcool écœura Marie. Dans le noir, le handicapé fit rouler sa chaise entre les deux lits, où la place était réduite.

— Où étais-tu ?

— Avec les autres. Demain, on va faire justice. Et en plein jour, pour que les gendarmes viennent nous arrêter tous !

Marie sursauta.

— Quelle justice ?

— La vraie.

D'un rapide mouvement, Marie se leva et prit ses vêtements sur la chaise.

— Qu'est-ce qui te prend ? Où tu vas ?

Elle sortit précipitamment. Une fois dans la salle commune, elle s'habilla. Le vent faisait vibrer la porte sans volet. La jeune femme en éprouva une sensation d'infinie solitude. Le froid gagna ses membres, puis son corps tout entier. Dans la chambre au fond du couloir, Martin bouscula sa chaise dans le noir et frappa du poing le bois de la commode. Elle courut jusqu'à la porte de la chambre.

— Arrête! Tu vas réveiller Jeanne et ma mère.

Il était tombé et ne pouvait se relever seul. Elle l'aida à s'asseoir sur son lit. Il était tellement ivre qu'il n'avait pas la force de se tenir assis. Il roula sur l'édredon et lui prit la main, qu'elle lui abandonna.

— Marie, je suis malheureux.

— Dors. Demain ça ira mieux.

Il eut un ricanement nerveux, une sorte de hoquet qui sembla le vider de sa propre substance.

— Demain? Tu parles!

Marie lui caressa la joue. Elle aurait voulu l'aimer, car il le méritait. Lui donner un peu de tendresse... Mais comment échapper à la répulsion qui lui hérissait le corps chaque fois qu'il s'approchait d'elle? Elle lui tint la main comme à un enfant effrayé. Il s'endormit d'un coup, en ronflant très fort. Elle sortit de la chambre, s'arrêta au bas de l'escalier, tendit l'oreille. Elle n'entendit aucun bruit à l'étage; sa mère dormait. Les battements de son cœur frappaient à ses tempes, gênant ses pensées.

Ce n'était pas Marie qui ouvrait lentement la porte et se glissait dehors, c'était une autre femme, restée dans l'ombre pendant plus de dix ans. Elle avait le sentiment de renaître avant de mourir, d'aller au-devant d'une vie qui l'attendait depuis toujours et qui lui serait fatale. Elle ne pensait pas à Jeanne endormie dans la petite chambre au fond du couloir. Elle était ivre à son tour. Le vent froid la fit hésiter. Elle frissonna et lança un regard vers les étoiles, qui semblèrent l'inviter à aller au bout de sa folie.

Elle traversa la place éclairée par la lune en baissant la tête, courut jusqu'au sentier menant à la tour et s'arrêta. Sa conscience s'éclairait, le beau rêve devenait cauchemar. Pourtant, elle reprit sa marche ; rien au monde n'aurait pu l'arrêter. Les pierres roulaient sous ses pieds. À la fontaine, juste au-dessous de la tour, elle hésita encore. Il lui sembla que la boue du fossé giclait sur elle pour la souiller à jamais. Mais la fièvre qui s'était emparée de son corps la poussait. Ses jambes avançaient seules. Le déshonneur qui s'ensuivrait avait moins d'importance à mesure qu'elle s'éloignait du village, de sa maison natale et de

Jeanne. L'idée de ces justiciers munis de gourdins et désireux d'aller écraser Angelo, de cette armée d'éclopés prêts à mettre en pièces le seul homme valide du village lui indiquait la voie. Ils la détesteraient tous mais, à l'heure qu'il était, peu lui importait.

Au pied de la tour se dressaient dans la pénombre les deux maisons accolées qu'elle connaissait bien. Essoufflée, elle se dirigea vers une porte et, la main sur la poignée, s'arrêta. Une pensée terrible venait de la traverser : sa trahison était pire que celle des soldats qui avaient refusé de se battre. En salissant Martin, c'était tous les hommes qui avaient donné leur vie et leur santé qu'elle traînait dans la boue. Jeanne le lui reprocherait plus tard, c'était certain. La main glissa de la poignée. Marie recula d'un pas. Consciente que rien n'était pire que vivre avec la honte de soi, le sens du devoir la ramena à sa retenue coutumière. Elle fit demi-tour et s'engagea de nouveau dans le chemin sombre, mue par une vague envie de mourir.

— Je t'ai attendue tous les soirs !

Une silhouette se dressait devant elle.

Venait-elle d'entrer dans un rêve où alternaient honte et bonheur ? Cette voix était-elle réelle ou venue du fin fond de ses désirs de femme seule ? Dans la pénombre Angelo tendit ses deux bras. Marie cessa de penser. Une lumière ardente éclairait son âme, probablement celle que l'on voit à l'instant de sa mort, et qui précède le paradis ou l'infinie douleur.

— Viens.

Elle se laissa emmener dans la maison, docile, vaincue sans avoir combattu. Le reste n'existait plus. Le village, les voisins, le bistrot, sa mère, tout s'était évanoui dans une brume lointaine. Ne restait plus que cet homme, le père de Jeanne, le seul homme au monde. Elle avait tant prié pour lui ! Il referma la porte derrière lui. Sans un mot, il entraîna Marie vers le lit, comme si c'était naturel entre eux, comme s'ils avaient été ensemble les onze dernières années. La fougue de leur adolescence était toujours là.

Ils firent l'amour toute la nuit, sans repos, car ils savaient que ces quelques heures d'intense bonheur les condamnaient à jamais. Ils ne voulaient rien perdre de ce temps qui filait sur leurs corps et allait les détruire. L'aube les trouverait inanimés, vidés d'une énergie qu'ils auraient brûlée ensemble, leurs corps abandonnés sur le lit vétuste, donnés en pâture à qui viendrait leur demander des comptes. Eux seraient ailleurs, où la médiocrité n'a pas accès.

Un coq chanta dans la ferme de Mialet. Puis un autre, plus loin, mais nettement perceptible. Les bruits de l'aube les ramenèrent à la vie ordinaire. Ils demeurèrent un instant l'un près de l'autre, immobiles, ravis. Heureux, ils flottaient dans un air limpide.

— Et ma Jeannette ! dit Marie en se redressant.

Près d'elle, Angelo n'avait pas bougé. Elle se vêtit rapidement, comme elle le faisait chaque matin avant d'aller allumer la cuisinière et de faire chauffer le café. Son amant posa sa main sur son épaule couverte, caressa sa joue offerte, mais Marie ne réagit pas ; ils étaient de nouveau séparés.

— La guerre m'a épargné pour que la paix nous tue, toi et moi, lui dit-il d'une voix pleine d'affliction.

Le jour s'était levé. Ils étaient déjà nombreux sur la place quand la voiture des postes s'engagea dans la ruelle. Le préposé posa le sac de courrier, prit celui qu'avait préparé Agnès et repartit. L'ancien postier s'arrêtait toujours boire un verre au bistrot ; le nouveau était si pressé qu'on ne le voyait pas.

Joseph Lemerre arriva en brandissant le journal.

— Venez voir ! C'est incroyable ! cria-t-il.

Les autres l'entourèrent.

— Ça y est, ils le tiennent ! poursuivit-il. Ils ont réussi à faire avouer Gustave !

— Les salauds ! Et nous on reste là à attendre ?

— Écoutez ça : *Après deux heures de garde à vue, Gustave Milenas a avoué avoir tué Albin Marlhac, qu'il haïssait parce qu'il lui faisait des remarques dégradantes et ne voulait pas l'associer à son affaire. Après une première tentative de meurtre où il avait descellé un gros bloc de pierre destiné à écraser son patron, qui s'en était tiré avec une jambe luxée, Milenas a profité du handicap du carrier pour l'attaquer près de la Dordogne. Ils se sont battus. C'est pendant cette lutte que l'ouvrier s'est emparé d'une pierre qui se trouvait à portée de sa main et a frappé Marlhac, qui voulait le jeter dans la rivière.*

— Les salauds ! répéta Béroudeau à court d'arguments. Ils veulent notre peau, c'est certain !

— Ils ne respectent personne, pas même nos morts ! Ce qu'on a traversé, ils s'en moquent ! bégaya Mialet. Ça ne va pas se passer comme ça !

Ce fut le mot d'ordre. Dans un même élan, tous se dirigèrent vers le sentier de la tour ; d'autres les rejoignirent, armés de bâtons, de fourches, et poussant des cris de haine. Le seul qui aurait pu les ramener à la raison, le menuisier Marcel Manoche, était absent : il travaillait aux boiseries du château de Pleaux et ne rentrait pas tous les soirs. Le propriétaire n'avait voulu que lui, et ça l'arrangeait : « Ils sont complètement fous, avait dit Manoche à sa femme, surtout ne te mêle pas de leurs bêtises ! »

Ils étaient plus de cinquante, jeunes éclopés s'aidant de leurs cannes, vieux bossus grimaçants. Quelques femmes s'étaient jointes à eux et criaient des injures d'une voix stridente. La grosse Gisèle dressait sa fourche à fumier et marchait devant en poussant des hurlements de bête sauvage. C'était pour elle l'occasion d'exprimer son animosité contre le monde entier, et surtout contre les hommes, qui la fuyaient. Marguerite Chambon marchait aussi en tête, malgré les remontrances de son époux le garde champêtre. Elle détestait Marie, et l'exprimait en agitant un énorme bâton. Il y avait aussi Odette Guérin, qui n'avait pu empêcher son fils de prendre le couteau avec lequel on égorgeait les porcs, et beaucoup d'autres encore, qui réclamaient justice, réparation de leur propre misère ; esclaves de leurs terres, de leurs troupeaux d'enfants, de leurs animaux et de leurs hommes, que la guerre avait estropiés. Dieu les avait abandonnées, elles se rappelaient donc à son souvenir.

À la boulangerie, le jeune Pierre vit l'attroupement s'éloigner dans le sentier.

— Franchement, à quoi ils pensent ? murmura Joséphine.

L'adolescent courut chercher sa veste dans le fournil. Jean ne participait pas à la crise de haine générale ; il préparait sa tournée. Voyant l'affolement de son mitron, il demanda :

— Ça ne va pas, Pierre ?

Le garçon ne répondit pas. Il faucha sa veste et s'éloigna. Joséphine l'attendait devant la porte fermée.

— Où tu veux aller ?

— Je ne peux pas les laisser tuer Angelo !

— Idiot, tu ne comprends pas qu'ils sont tous devenus fous ?

Il tenta de contourner la femme du boulanger, qui le prit fermement par le bras et l'arrêta.

— Viens, je vais te montrer quelque chose, après tu feras ce que tu voudras.

Face à sa patronne, Pierre était sans force, sans volonté. Elle l'obligea à le suivre. À la fois mal à l'aise et intrigué par son regard malicieux, il se laissa emmener. Elle ouvrit la porte d'une pièce sans fenêtre où se trouvait tout un fouillis de vieux vêtements posés sur un lit où reposaient également des couvertures pliées à même le matelas et des cartons remplis de vieilleries.

— Entre. Je vais te montrer quelque chose que tu n'as jamais vu...

Le jeune garçon observa Joséphine, qui lui adressa un petit clin d'œil complice. Il était devenu tellement rouge et se sentait si maladroit qu'il n'arrivait plus à penser. Toutefois, il hésitait.

— Entre, je te dis. Après, tu feras ce que tu voudras.

Confiant mais toujours indécis, Pierre passa dans la pièce. Restée derrière lui, la boulangère referma vivement la porte et fit tourner la clef dans la serrure.

— Je ne peux pas te laisser aller te faire tuer par ces fous, cria-t-elle à travers la porte.

Au bord des larmes, Pierre frappa du poing et cria :

— Laissez-moi sortir ! Il a sauvé mon père plusieurs fois !

— Tu ne peux rien contre ce qui se prépare ! Tu crois que ta mère n'a pas eu assez de malheurs ?

Vaincu et conscient que son sacrifice n'aurait servi à rien, Pierre se laissa tomber sur le matelas et se mit à pleurer. Joséphine sortit dans la rue. Des hurlements montaient du bosquet au-dessous de la tour. Sorti lui aussi, Jean posa la main sur l'épaule de sa femme, une main lourde, mais pleine de bon sens.

— Tu as bien fait, dit-il.

Martin n'avait pu suivre les autres dans le sentier de la tour, aussi criait-il des injures depuis la place en agitant son bâton.

— Il faut avertir les gendarmes ! décida Joséphine.

Elle courut à la poste, où Agnès triait le courrier sur la table de la cuisine. Les deux femmes ne s'appréciaient guère, la grosse Agnès trouvant inadmissibles les regards que les hommes adressaient à la boulangère, mais elles se comprenaient. Joséphine éprouvait une certaine compassion pour le calvaire que l'épouse du facteur devait endurer auprès de son homme défiguré, qui en plus puait la vinasse. De son côté, Agnès se disait que Joséphine avait beaucoup de mérite pour vivre avec un boulanger de vingt ans plus âgé qu'elle, sentant la pâte fermentée et dormant la plupart du temps dans son fournil.

— J'ai envoyé un télégramme à la gendarmerie, dit la postière à Joséphine. Ne vous en faites pas, ils arrivent.

— Pourvu qu'ils ne perdent pas de temps !

Agnès soupira et laissa tomber ses mains inertes sur le tas de courrier. Elle tourna un regard affligé vers sa voisine, qui découvrit alors que les yeux bleus de la femme du facteur n'étaient pas dépourvus de charme.

— Joseph est avec eux ! s'exclama-t-elle. Et sa tournée, hein ? S'il se fait prendre, si quelqu'un se plaint, il risque d'être mis à la porte des postes, et qu'est-ce qu'on fera ?

Elle eut un geste désespéré. Sans la poste, ils ne pourraient pas vivre. Joseph n'avait qu'une toute petite pension, et ils ne possédaient pas de terres.

— Faut le comprendre, répliqua Joséphine. Il n'a pas eu beaucoup de chance !

— Ce n'est pas une raison pour aller chercher encore plus de malheur !

Joséphine retourna à la boulangerie. Jean, avait terminé son chargement, attelait son âne, pas mécontent de s'éloigner du village, d'échapper au vent de folie qui soufflait. Grand travailleur, il ne se laissait pas influencer par les autres. Et il avait surtout l'inestimable qualité de ne pas se griser de paroles et de ne pas aimer le vin.

— N'oublie pas que Pierre doit s'occuper de la dernière fournée. Elle sera cuite dans une demi-heure.

Il monta sur le siège en bois, secoua les rennes, et sa bête partit de son pas nerveux, comme chaque matin à la même heure. Lorsque le bruit des sabots se fut éloigné, Joséphine retourna vers le cagibi ; Pierre donnait des coups de pied dans la porte. Elle attendit un instant, souriant d'entendre la colère du mitron.

— Ça ne sert à rien de t'énerver, lui dit-elle enfin. La porte est solide. Je t'ouvrirai quand les gendarmes seront là, pas avant. Et ne t'en fais pas pour la fournée, je m'en occupe.

Derrière la porte de la cuisine, Marie avait vu les gens s'attrouper autour du facteur et vociférer des menaces. Quand la troupe s'était engagée dans le petit chemin de la tour, elle avait poussé un cri strident qui s'était entendu à l'autre bout de la place. Louise, qui mettait le couvert sur les tables de la salle commune, était arrivée en courant et lui avait demandé ce qui lui prenait.

Pétrifiée, Marie écoutait les cris venus du chemin caché derrière les maisons. Ce triste concert plantait dans sa chair des lames acérées. Louise s'approcha d'elle et tenta de la ramener à la raison. D'un mouvement brusque, Marie ouvrit alors la porte et partit en courant à travers la place. Sa mère l'appela, mais elle était déjà loin. Les gens restés chez eux la virent courir comme l'ombre d'un nuage passant brièvement devant le soleil.

Jeanne était en train de s'habiller ; elle sortit de sa chambre et voulut rejoindre sa mère. Louise l'arrêta. La fillette se débattit en criant, mais la vieille femme avait encore de la poigne. Elle poussa la gamine dans sa chambre et ferma la porte à clef. La petite fille se mit à hurler et à donner de grands coups de pied dans la cloison.

— Tu arrêtes ou je te porte à la cave ?

De l'autre côté de la place, là où le sentier passait entre les maisons et les potagers pour s'enfoncer dans le bosquet au milieu duquel se trouvait la tour, Marie hésita à affronter Martin, qui la menaçait de son bâton levé.

— Laisse-moi passer !

Il eut un mouvement du tronc comme s'il allait se lever par miracle.

— Qu'est-ce que tu fais là, toi? Rentre à la maison!

Elle le bouscula ; il tomba de sa chaise, elle courait déjà dans le sentier.

— Marie, murmura-t-il en se remettant sur son siège à la force de ses bras, pourquoi tu me fais ça?

Il regagna le bistrot, vaincu, la tête basse. Là, il entendit sa fille pleurer et frapper à la porte du couloir. Louise mettait le couvert, impassible, comme chaque jour.

— Pauvre petite! murmura Martin en s'approchant du comptoir où se trouvait sa bouteille de gnôle.

Il avala une grande rasade, puis entreprit de rejoindre Jeanne dans la chambre. Louise lui envoya un regard méchant.

— Surtout, pas de bêtise! On a eu notre part!

Il n'insista pas et, pour cacher sa douleur, ressortit et se laissa emporter par la descente en direction de l'école.

Devant la forge, les gens rassemblés hurlaient. Lorsqu'ils aperçurent Marie, un court silence se fit. Elle bouscula plusieurs personnes et se planta devant l'ouverture de la tour.

— Arrêtez ! hurla-t-elle. Qu'est-ce qui vous prend ?

Lorsqu'il entendit la voix de Marie, Angelo décida de se montrer ; il ne pouvait pas la laisser affronter seule la furie des villageois. Il ouvrit brutalement la porte et la rejoignit devant l'entrée de la tour. Aussitôt, les vociférations reprirent et des pierres volèrent. Barconi faisait face, droit, fort, devant cette assemblée de bancals.

— Qu'est-ce que vous me voulez ? cria-t-il à son tour. Je suis avec vous !

La haine redoubla. Des cailloux frappaient le mur dans un bruit sec. Marie s'apprêtait à crier, mais une voix l'arrêta :

— Toi, la putain du diable, t'as intérêt à la fermer !

— On va vous renvoyer en enfer et vite fait, vous allez voir ça, cria une autre.

L'exaspération était à son paroxysme, et la présence de Marie auprès d'Angelo décuplait leur envie de frapper, de déchirer, de tuer. Ils n'en pouvaient plus. Les gendarmes avaient fait avouer Gustave pour protéger cet étranger, ce vaurien, ce franc-maçon qui crachait en passant devant l'église. Dieu punissait les villageois de l'avoir accepté, il leur fallait se racheter par un acte expiatoire. Toutes leurs blessures, les morts de Verdun et d'ailleurs criaient vengeance. Le curé lui-même la leur avait commandée. Le drap rouge de la colère voilait toute réflexion sensée, ils lançaient des pierres et s'approchaient toujours plus du couple, qui n'avait plus qu'une seule issue.

— On va vous étriper tous les deux et vous l'aurez bien mérité ! Toi, on va te couper les couilles, et toi, la putain, on va te les faire bouffer !

Angelo s'était placé devant Marie, qui appelait ses voisins par leur nom pour les ramener à la raison, mais personne ne la reconnaissait plus. Les Malventois n'étaient plus de braves gens, mais des êtres sans nom, sans attache, des malheureux prêts à arracher une justice qu'on leur refusait. Ils ne voyaient devant eux que deux ennemis hideux, et ils exigeaient qu'on les livre en pâture à leur colère justifiée. Bâtons et poings levés, ils avançaient vers le couple. La lame du couteau de Jocelyn Guérin brillait dans le soleil levant.

— Viens ! fit Angelo en tirant Marie par la main.

Ils entrèrent dans la tour et piétinèrent les débris calcinés du tonneau. Les villageois hésitèrent.

— On y va, hurla quelqu'un ! On ne les laissera pas s'échapper !

Une dizaine d'hommes franchirent l'ouverture ; les autres, retenus par la peur, res-tèrent en retrait. Angelo et Marie n'avaient qu'une solution : monter l'escalier dont les étais avaient été brisés par l'explosion.

— On va se tuer ! hurla Marie.

— Et alors ?

Tenant toujours la jeune femme par la main, Angelo grimpa avec elle les lourdes marches de l'escalier en colimaçon sur une dizaine de mètres. En bas, les poursuivants hésitaient sur le danger.

— Si ça tient pour eux, ça tiendra pour nous, cria enfin l'un d'entre eux. On y va !

Ils se ruèrent sur les grosses marches. La troisième était de travers ; elle bascula et s'effondra dans un immense vacarme, entraînant avec elle quatre ou cinq mètres d'escalier. Des cris accompagnèrent l'éboulement, qui souleva une épaisse poussière. Dehors, l'attroupement se tut. Deux silhouettes aux vêtements déchirés émergèrent du nuage ; l'une d'elles se tenait la tête, un filet de sang serpentait sur sa joue.

— Vite, ils sont là-dessous ! cria l'autre.

Quelques courageux pénétrèrent dans la tour. En retombant, la poussière laissait voir un amas de gros blocs de pierre. Un gémissement retentit : Léon Mialet était coincé sous une marche de près d'une tonne. Il tendit les mains vers ses compagnons, qui se précipitèrent et réussirent, grâce à la mollesse du sol, à l'extirper de son piège. Il grimaçait et poussait des cris de douleur.

— Il a une jambe cassée ! s'exclama sa fille revenue à la raison. Faut l'emmener chez le docteur !

Les trois autres avaient eu plus de chance. Ils avaient pu s'abriter dans un renfoncement et échapper à la chute de l'escalier. Abasourdis, blancs de poussière, ils sortirent seuls de leur cachette.

Un bruit sourd retentit au-dessus d'eux. Une coulée de pierres ricocha sur le mur. Ils eurent juste le temps de s'écarter pour l'éviter.

— Foutons le camp ! On va se faire tuer !

Ils sortirent en courant, la tête dans les épaules afin d'éviter les cailloux qui continuaient de tomber. Une fois dehors, ils se remirent à hurler contre les deux fugitifs responsables de ce nouveau drame. Mais ils virent soudain Angelo dressé au sommet de la tour, tenant à bout de bras une énorme tôle rouillée.

— Voilà ce qui fait le bruit ! leur cria-t-il.

Il lança la tôle, qui tournoya dans l'air comme une énorme feuille morte avant de se poser devant l'attroupement. Au sommet du donjon, Angelo prit Marie dans ses bras ; leurs deux silhouettes se découpaient sur le ciel d'un bleu profond. On aurait dit deux êtres venus d'ailleurs, posés là sur les antiques pierres et sans poids. Alors, dans le silence retrouvé de la tour, une voix s'éleva :

Quand nous chanterons le temps des cerises,
Les gais rossignols, les merles moqueurs
Seront en fête !

La colère était retombée d'un coup. Les villageois se demandaient ce qu'ils faisaient là. Perdus, vidés de leur haine, ils avaient hâte de rentrer chez eux, de se cacher. Guérin avait des agneaux à tuer ce matin ; Graulhet attendait le fournisseur d'Aurillac, qui devait lui livrer un baril de harengs salés, dont on faisait une grande consommation par temps froid.

Deux voix s'étaient mêlées pour reprendre le refrain, et le sens de cette chanson les pénétrait jusqu'à les émouvoir aux larmes.

Les belles auront la folie en tête
Et les amoureux du soleil au cœur.

Dans sa chambre, Jeanne sanglotait assise sur le lit défait, consciente que l'irréparable était en train de se produire. Les regards de sa mère lorsqu'on lui parlait d'Angelo ne trompait pas. Sous la colère, la fillette avait deviné un sentiment tout autre, semblable à l'attirance qu'elle-même éprouvait pour cet étranger à la peau mate. Une idée la fit se lever d'un bond : elle s'approcha de la fenêtre, en tourna lentement la poignée. Sans hésiter, elle monta sur le rebord et sauta. Elle roula sur les cailloux, s'écorcha le genou droit, mais la douleur ne l'arrêta pas. Elle se frotta les mains pour en faire tomber les gravillons et partit aussi vite que possible par le sentier caché entre la poste et la maison de Marcilloux. Personne ne l'avait vue. Elle se faufila dans le bosquet menant à la tour. La rumeur des villageois parvenait jusqu'à ses oreilles. Elle se faufila entre les genêts et les aubépines, dont les bourgeons gris démentaient l'imminence du printemps.

— Maman !

Son cri surprit tout le monde. Courant à pleines jambes, elle traversa le groupe des hommes, qui n'eurent pas le réflexe de l'arrêter. Lorsqu'elle le bouscula, le facteur lui cria :

— Mais où tu vas ?

Béroudeau parvint à l'attraper par le bras pour la retenir, mais elle se débattit en poussant des cris stridents, puis lui échappa.

— Elle m'a mordu ! hurla-t-il. Petite furie !

La gamine se précipita dans la tour, où elle appela de nouveau sa mère. Un grondement sourd lui répondit.

Les gendarmes arrivèrent enfin. Le brigadier Mangein était accompagné de quatre hommes ; tous avaient entendu la chanson puis les cris de la fillette. Au sommet de la tour, Angelo avait le plus grand mal à retenir Marie, qui voulait descendre secourir sa fille.

Les forces de l'ordre entrèrent dans le bâtiment, suivis de quelques curieux hésitants : Jeanne était inconsciente, enfouie sous un tas de pierre. À grand renfort de précautions, les hommes parvinrent à la dégager. Des bruits sourds réguliers les tenaient en alerte. Par moments, des coulées de pierraille rebondissaient sur les marches. Enfin, lorsqu'ils eurent tout à fait libéré le petit corps, Mangein, l'air grave, le porta à l'air libre.

— Elle est morte ! s'exclama une personne à qui le sacrifice de cette enfant apparaissait comme le résultat d'une faute commune. Que de malheur !

— Non, elle n'est pas morte, assura le brigadier, son cœur bat.

— Faut appeler le docteur !

Mangein confia la fillette à un gendarme qui la prit dans ses bras avant de s'engager en courant dans le chemin de pierres. Lui-même père d'une petite fille, il employa toute son énergie à sauver ce petit être innocent. Le soleil passait entre les arbres et éclairait la tour d'une lumière crue et froide.

— Rentrez tous chez vous ! ordonna Mangein.

Les villageois partirent par le chemin en groupes silencieux. Ils n'osaient ni se regarder ni parler. Ils auraient voulu être invisibles pour échapper à la honte. Mais ce n'était pas le cas. Louise montait aux nouvelles. Lorsqu'elle vit sa petite-fille inanimée, les larmes lui montèrent aux yeux et se déversèrent sur ses joues, ce qui surprit les curieux. Elle monta dans le fourgon avec les gendarmes sans se préoccuper de son accoutrement, son vieux tablier de cuisine qui sentait le graillon et ses pantoufles décousues. Le véhicule partit en trombe, laissant Martin seul. Sentant l'odeur de brûlé venue de la cuisine, celui-ci s'y précipita et réussit à arrêter le feu qui s'était déjà propagé sur les torchons et le petit bois près de la cuisinière. Le souvenir des voix d'Angelo et de Marie mêlées chantant un printemps dont il serait toujours exclu lui faisait mal à hurler.

Le curé attendait ses ouailles au pied du chemin de la tour. Les gens passèrent devant lui sans le regarder, la tête basse, tels des enfants pris en faute. Quand ils furent rentrés chez eux, Bonnière se rendit au bistrot, où il trouva Martin en train de cajoler sa bouteille de gnôle, le visage trempé de larmes, ridé avant l'âge.

— Pourquoi j'ai aussi mal? demanda le blessé au curé d'une voix suppliante.

Il souffrait plus encore à cette heure que dans l'hôpital de campagne parmi les mourants et l'infecte odeur de charogne. Bonnière s'assit près de lui et posa sa main boudinée sur son épaule.

— Dieu a ses raisons, fais-lui confiance!

— Eh bien non, je ne lui fais plus confiance! La confiance, on me serine ça depuis toujours et j'en crève!

— Tais-toi et pose donc cette bouteille qui nourrit tes mauvaises pensées.

— Vous ne pouvez pas comprendre combien je l'aime, combien elle fait partie de moi! Sans elle, je me serais laissé mourir à la guerre, je vous le jure. C'est pour elle que je suis là, et pour Jeannette qui n'est pas ma fille. Voilà.

— Elle va te revenir, je te l'assure!

Martin secoua la tête. Il ne voulait pas Marie par la contrainte. Il voulait être aimé d'elle, et savait que c'était impossible. Comment un éclopé, un misérable paysan né dans la saleté et la pauvreté pouvait-il rivaliser avec un Angelo Barconi, si fier et sans la moindre écorchure?

— Pourquoi il n'a rien eu, lui ? Pour avoir perdu Marie, je ferai comme le père Francesco : j'irai cracher devant l'église !

— Cesse de blasphémer ! J'espère que Dieu n'a pas entendu ce que tu as dit.

Martin n'avait plus la force de parler. Il pleurait comme un enfant, ses larges épaules de soldat soulevées par de gros sanglots.

— Vous savez quoi ? Votre Dieu, je l'emmerde ! murmura-t-il.

Bravant les chutes de pierres, Mangein et ses hommes examinèrent les marches de l'escalier suspendues au-dessus du vide. Angelo et Marie étaient redescendus, mais s'étaient arrêtés à mi-hauteur, n'osant plus bouger de peur que l'édifice tout entier ne s'effondre. Il n'y avait qu'un moyen de sauver les deux jeunes gens, risqué, certes, mais qui pouvait fonctionner.

— Cours chercher une corde à foin, ordonna le brigadier à son adjoint.

Le gendarme partit sur-le-champ et revint quelques minutes plus tard. Pris de remords, des hommes s'étaient approchés pour donner un coup de main.

— On va leur lancer la corde, expliqua Mangein. Ils essayeront de l'attacher à quelque chose qui tient et ils descendront sans toucher les grosses pierres. Il n'y a pas d'autre moyen.

Joseph Lemerre proposa son bras droit particulièrement puissant, prit son élan et lança la corde. Elle frôla Angelo, qui ne put la saisir. Au deuxième essai, il y parvint et, avec la plus grande précaution, l'attacha à une trouée du pilier central qui supportait les marches, puis pesa de tout son poids sur le lien. Le bloc de pierre taillée résista. Barconi invita Marie à descendre la première.

— Si ça cède d'ici, je la retiendrai.

Sans un mot, la jeune femme saisit la corde et se laissa glisser jusqu'au sol, où Mangein la récupéra.

— Vous voilà sauvée ! dit-il avec un grand sourire.

Angelo descendit à son tour et toucha le sol au moment où un autre éboulement se faisait entendre. Tous sortirent précipitamment. Un pan du mur s'effondra dans un déluge de pierres et de poussière.

— Partons de là, dit le brigadier.

Ils s'éloignèrent, laissant Angelo et Marie hésiter l'un près de l'autre à la croisée des chemins, celui de la vie ordinaire, ou celui de l'aventure et de la honte. Ce fut lui qui se décida :

— Je vais partir, dit-il.

Elle le regarda longuement, n'osant pas s'approcher de lui sous les regards curieux qui ne les quittaient pas.

— Un jour, peut-être, ajouta-t-il.

Puis Marie pensa à Jeanne et regagna le bistrot en courant. Martin était derrière le bar. Le curé venait de partir et l'infirme leva ses yeux rouges sur sa femme. Son cœur bondit. Elle ne l'aimait pas, mais il ne pouvait vivre loin d'elle. L'avoir près de lui chaque jour, la voir, la contempler lui suffisaient, il l'avait à présent compris. Le silence pesait sur les maisons. Le vent soufflait en altitude mais passait sur Malvent sans un bruit, avivant seulement la sensation de froid sur les visages.

— Merci ! dit Martin à sa femme, qui se tenait devant lui comme pour lui demander pardon.

— Jeanne ?

— Ils l'ont emmenée à l'hôpital. Ta mère est partie avec les gendarmes. On attend des nouvelles.

Agnès préparait le repas de midi pour son fils qui rentrerait bientôt de l'école lorsque le télégraphe sonna. Elle prit les écouteurs pour noter les signes indiquant des lettres, puis des mots, et poussa un cri de joie avant de sortir en trombe. Elle entra dans le bistrot et, dans son allégresse, prit Marie dans ses bras, l'embrassa sur les deux joues et lui montra la feuille de papier où elle avait inscrit le message.

— Jeanne va bien. Elle a une jambe cassée, ils sont en train de la plâtrer. Elle sera de retour ce soir !

Cette fois, ce fut Marie qui embrassa la postière, puis elle se tourna vers Martin.

— Tu as entendu ? La petite va bien !

Martin sourit et porta à sa bouche le goulot de sa bouteille.

Dans la boulangerie, Joséphine s'était débrouillée seule pour sortir du four les dernières tourtes et, comprenant que tout était fini, libéra Pierre, qui se rua dehors comme un animal furieux. Il traversa la place et courut jusqu'à la tour. Angelo était en train de mettre ses bagages sur sa charrette. Le cheval était attelé et attendait. Le silence de la campagne était ponctué par le chant des premiers oiseaux. Sans ce maudit bruit de tôle, chacun retrouvait ses habitudes et reprenait confiance : le printemps reviendrait. La terre n'était pas aussi gelée qu'on l'avait cru. Déjà, dans les fermes, on attelait les bœufs ou les chevaux à la charrue. Si l'été se montrait clément, les paysans pouvaient encore espérer sauver leurs récoltes.

Pierre s'arrêta devant Barconi ; il s'apprêtait à monter sur son tilbury.

— Je veux venir avec vous. Emmenez-moi, lui dit l'adolescent.

Angelo sourit et serra vivement les mains du garçon.

— Écoute, tu ne peux pas laisser ta mère et tes frères. Ils ont besoin de toi. Moi, je vais partir à Mauriac, où je m'installerai pour ferrer les chevaux. Je te ferai signe, on se reverra souvent. Mauriac, ce n'est pas très loin. Et puis, qui sait ? Peut-être que je reviendrai ici ?

Là-dessus, il grimpa sur son siège, agita les rênes, et le cheval se mit en marche.

— Tu peux travailler mes terres. Je sais que ça sera bien utile pour ta mère. Mes châtaigniers près de la Dordogne sont encore jeunes, ils donneront. Tu peux tout prendre comme si c'était à toi.

Le cheval s'éloigna. Pierre resta immobile, entre les larmes et l'espoir de revoir bientôt celui qui dans son cœur avait pris une place de père. S'il exploitait les terres à l'abandon des Barconi, sa famille échapperait aux maigres repas de la fin de l'hiver. Il prenait la direction du village lorsque s'éleva entre les arbres une voix d'homme qu'il connaissait bien et qui lui fit chaud au cœur.

J'aimerai toujours le temps des cerises
C'est de ce temps-là que je garde au cœur
Une plaie ouverte...

Pierre regagna la boulangerie. Sur la place, il s'arrêta, dubitatif, et tendit l'oreille pour s'assurer qu'il ne se trompait pas : non, là-bas, près de la Dordogne, le coucou chantait.

Composition : Soft Office (38320)

Achevé d'imprimer par GGP Media GmbH, Pößneck
en janvier 2011
pour le compte de France Loisirs,
Paris

N° d'éditeur : 62690
Dépôt légal : décembre 2010
Imprimé en Allemagne